無名の三流テイマーは王都のはずれでのんびり暮らす

～でも、国家の要職に就く弟子たちがなぜか頼ってきます～

Ryuuichi Suzuki
鈴木竜一

illust.
Aito

クウタ
十数年前、バーツとともに旅をしていた鳥型魔獣。
クロス
お調子者のリザードマン。バーツと契約する魔獣の一体。
バーツ
しがない三流冒険者のテイマー。セラノス王国で新設される国防組織の幹部候補として、王都へ向かうことに。
シロン
バーツの相棒である白狼《はくろう》。面倒見が良いタイプ。
主な登場人物
CHARACTERS

フィオナ
バーツの元弟子の元気っ子。
三つ星《トリプルスター》冒険者パーティーの
エース。
ノエリー
バーツの元弟子で聖騎士。
バーツを幹部候補に
推薦する。
メイ
物静かなバーツの元弟子。
魔法兵団所属の
死霊魔術師。
ミネット
バーツの元弟子の一人。
王都を支えるほどの
大商人。

第一章　三流テイマー

いつから俺の人生はこうなってしまったのか。

時々、そんなことを考えてしまう。

思い返してみれば、最初から少しずつ歯車は狂い始めていたような気がする。


俺――バーツ・フィリオンは、とある冒険者パーティーに所属していた。

冒険者とは、ダンジョンに潜《もぐ》ったり森や街道にいる魔獣を討伐《とうばつ》したりして生計を立てる、傭兵《ようへい》のような職業だ。しかし強力なスキルを持っていることや、町の住民とのかかわりも深いことから、危険ではあるが子どもたちの憧《あこが》れの職業のひとつになっている。

そのパーティーは世間での知名度も高い、いわゆる上位ランクであり、俺は魔獣をテイムするスキルを駆使《くし》して、そこで駆け出しテイマーとして冒険者人生をスタートさせた。

俺と契約してくれた四体の魔獣たちはよく懐き、よく働いてくれていた。

これからもっと実績を重ね、世界に羽ばたく冒険者になる。

あの時の俺はそうした向上心に満ち溢《あふ》れていたし、それが絶対に叶《かな》えられるであろうという根拠《こんきょ》のない自信があった。まだまだ若かったんだろうなぁ、あの頃は。

しかし、転落はある日突然、何の前触れもなくやってきた。

「言い逃れはできねぇぞ、バーツ」

拠点としている町にある酒場に、リーダーの怒号《どごう》が轟《とどろ》く。

怒りの矛先《ほこさき》は俺だった。

「待ってくれ、リーダー！　俺は金なんか盗んじゃいない！　これは何かの間違いだ！」

「だが、おまえのカバンの中から当面の宿代が入った袋が出てきた。これはもう決定的な証拠だろう？」

そう語るリーダーが手にしているのは、紛《まぎ》れもなく俺のカバン。だが、本当に心当たりがないのだ。

「誰かが俺のカバンに忍び込ませたんだ！」

「そうは言うが、みんなはおまえがカバンに入れて持ち去ろうとしていたって証言しているんだよ。だからこうして捕まえてチェックした。その結果、実際に金はあった」

「だからそれは――」

「ったく、パーティーの金に手をつけるなんて見損なったぜ」

「その通りだ。おまえは有望株だったのによぉ」

「とんだ最低野郎だぜ」

仲間たちの声にハッとなって振り返る。

全員がこちらを見てニヤニヤと下卑《げび》た笑みを浮かべていた。

——裏切られた。

その真実にはたどり着けたが、それを証明する手立てはない。

俺は完全にハメられたのだ。

「これ以上、見苦しい言い訳なんぞ聞きたくはない。おまえには次期リーダーを任せようと思っていたんだが……失望したよ」

「リ、リーダー!?」

「おら！　さっさと失せろ！」

「往生際《おうじょうぎわ》が悪いんだよ！」

仲間たちは俺の腕を掴《つか》むと、そのまま酒場の出口まで引っ張っていき、外へと放り出す。

「二度とその面《つら》を俺たちの前に見せるんじゃねぇぞ」

「今度この町で会ったら容赦《ようしゃ》しねぇからな」

「怪我《けが》させずに追い出してやったんだから感謝しろよ」

最後にそう言い捨てて、仲間たちは笑いながら酒場へと戻っていった。

「くそっ……」

服についた泥を払いながら、俺は爆発しそうな悔しさを押し殺す。

……すべて理解した。

名が売れてきた俺をパーティーから追い出すため、数人が共謀《きょうぼう》して罠《わな》にハメたんだ。

そのような卑劣な考えに至る仲間がいるというのも許せなかったが、リーダーがあっさりそれを信じたというのも考えられなかった。

まあ、そのパーティーは後日、内部抗争がさらに激化して消滅したらしいが――似合いの最後と言えるだろう。

ともかく、追い出されたばかりの俺は失意のまま、数日間、行くあてもなく各地をさまよった。

その際、偶然立ち寄った村で、運命の出会いを果たした。

そこには親のいない子どもたちを引き取って育てている教会があった。教会と言っても牧師やシスターはおらず、長年放置されていたその場所を村人たちが総出で修理し、子どもたちのための施設にしたそうだ。

慈善《じぜん》活動になんて特に関心はなかったが、何気なく立ち寄った俺は、そこで人生を立て直そうと思った。

というのも――

「あら、いらっしゃい」

「ど、どうも」

教会で子どもたちを育てている女性――エヴェリンに一目惚《ひとめぼ》れしたのだ。

最初は見た目が好みってところからスタートしたけど、子どもたちを実の母親のように見守る優しい性格や、風邪を引いた子を夜通し看病する献身的《けんしんてき》な姿に、だんだんと惹《ひ》かれていった。

なんとか彼女とお近づきになろうとするも、当時まだ女性との交際経験がなかった俺は、どう声をかけたらよいものか、随分《ずいぶん》と悩んだ。

できれば俺の得意分野でいいところを見せたい。そう考えてたどり着いたのが、教会で暮らしている子どもたちに、テイマーとしての心得《こころえ》を伝授することであった。

他に手が思いつかなかったんだよなぁ……まあ、俺も似たような境遇だし、そういう意味では同情という気持ちもあったかもしれない。いずれにしても、子どもたちの気持ちに少しは寄り添えるだろうとは思ったのだ。

まあ、そこまで本気で取り組んだわけでもなく、惚れた女性を振り向かせるためという動機もあって、ちょっと後ろめたさもあったが。

だが、子どもたちは思いのほか、テイマーという役職に関心を持った。

本能のままに暴れ回る野生の魔獣とは違い、賢くて人間を助けてくれるテイムされた魔獣は、子どもたちにとって、種族の異なる友達のように感じたのかもしれない。

とはいえ、いきなり魔獣を従えるのは難しいので、俺が教えたのは初歩中の初歩。誰でもやろうと思えば鍛錬次第で扱えるようになる、小動物サイズの魔獣のテイムだ。

子どもたちは熱心に俺の教えを聞いていた。

リスとか小鳥の姿をした小型の魔獣と仲良くなっていくと、「友達が増えた！」と純粋《じゅんすい》な笑顔で話してくれるようになった。

友達、か。

そういえば、俺も最初は話し相手が欲しくてテイマーを目指したんだったな。

気づいた時には両親がいなくなっていて、それからはずっと貧民街で暮らしていた……今思えば、ここにいる子どもたちのように友達が欲しかったのかもしれない。

そうした生活がしばらく続くと、次第に子どもたちは俺のことを「師匠」や「先生」と呼ぶようになり、懐いてくれた。

中には、「将来は師匠のお嫁《よめ》さんになる！」とか言う者まで出始めた。他の子どもたちも対抗して「私だって！」「なら俺は師匠の仕事を手伝う！」と張り合っていたが……あれが俺の人生で一番充実《じゅうじつ》していた時だったのかもしれない。

まあ、相手はまだ小さい子たちだから、当然本気になることはなかったが。

——しかし、そうした子どもたちの純粋さは俺の心境を大きく変えてくれた。

正直、それまでちょっと子どもが苦手だったのだが、教会の子たちと接しているうちに、悪くないかもと思うようになっていたのだ。

冒険者パーティーに所属していた時は、毎日が戦いだった。

ダンジョンでの魔獣討伐はもちろんだが、町に戻ってからも人間同士の派閥《はばつ》や権力などの争いもあって、気の休まる時間がなかった。それは俺だけじゃなく、一緒に行動していたパートナー魔獣たちも同じだったろう。

それが、ここではずっと落ち着いていられる。

もしかしたら、こういうのが俺にとって天職なんじゃないかって思えるくらいに。いい格好を見せようと思って通い始めたはずが、いつからか日課みたいになっていたからなぁ。不思議なものだよ。

その成果（？）もあってか、エヴェリンとの距離も徐々に縮まっていった。

村の人たちからも「若い者同士でくっついちまいなよ」とからかわれ、エヴェリンも満更《まんざら》ではなさそうな態度で返したりしていた。

このまま……今のまま時が過ぎてくれたらいい。
そんな俺の願いは――あっさりと吹き飛んでしまう。

ある雷雨の日の夜中。

俺は教会の屋根の一部が雨漏りしていたことを思い出し、相棒の魔獣たちを連れて、みんなが困っていないか様子を見に行った。

すると、教会の前に一台の馬車が停まっていた。

こんな時間に妙だな、と思っていたら、屈強な男たちによって教会から次々と子どもたちが連れ出され、馬車へ押し込まれていくではないか。泣いて嫌がっている子の姿もあった。

人さらいか！

そう気づいた俺は、魔獣たちに子どもたちを救うように命じた。

魔獣たちもすぐに動き、男たちを撃退していく。俺は子どもたちを救い出そうと馬車へ近づいていったのだが、そこで信じられない光景を目にした。

「何をしているの！　そんな魔獣、さっさと殺しなさい！」

男たちにそう指示を飛ばしていたのは――なんと、エヴェリンだったのだ。

「エ、エヴェリン!?　どうして!?」

「っ!? あ、あんた……そう、バレちゃったみたいね」

ふん、と鼻を鳴らすエヴェリンに、考えたくない最悪のシナリオが俺の脳裏《のうり》をよぎる。

先ほどの決定的な発言を耳にしてしまった以上、この現場における彼女の関与は揺るぎない。しかし心では、間違いであってほしいと願い続けていた。

だが、そんな俺の淡《あわ》い期待を粉々に砕《くだ》くがごとく、落雷による光に照らされた彼女は——邪悪な笑みを浮かべていた。

そこには、いつも優しく子どもたちを見守る聖母らしさなど微塵《みじん》もなかった。

「テイマーとしての力は使えると思ってたから、気のある振りまでしてあげたのに……本当に間の悪い男ね」

「なっ!?」

わずかに残された希望も砕け散った瞬間だった。

「どうしてこんなことを!」

そう迫る俺に、エヴェリンは淡々《たんたん》と答えていった。

彼女は教会に子ども——特に女の子を住まわせ、ある程度成長したところで、その手の趣味がある変態貴族や商人たちに売り払っていたという。

当時教会にいた子どもは八人で、そのうち女の子が六人と多かったが、これは偶然ではなく仕組まれていたのだ。怪しまれないために男の子も引き取っていたようだが、カモフラージュだったらしい。

……子どもたちに優しかったのも、大事な商品だったからか。

許せない。

子どもたちは本当の母親のように慕《した》っていたというのに、その気持ちを裏切る行為じゃないか。

そもそも、彼女のやっているのは立派な違法行為に当たる。

俺だけじゃなく、俺が連れていた魔獣たちも激怒し、猛烈な勢いで襲いかかった――だが。

「これ以上こっちに来たら、このガキを殺すわよ！」

馬車の近くにいた女の子の首元にナイフを突きつけ、エヴェリンが叫ぶ。

これには魔獣たちも動きを止める――だが、次の瞬間、驚くべきことが起きた。

「「「やあ！」」」

突如《とつじょ》、教会から三人の子どもたちが飛び出してきて、エヴェリンへ体当たりしたのだ。不意を突かれた彼女はバランスを崩《くず》し、抱えていた子どもとナイフを手放した。

「今だ！」

このチャンスを逃すわけにはいかないと、俺は降りしきる豪雨《ごうう》や闇夜《やみよ》に轟く雷鳴にも負けない大声で叫び、それに反応した魔獣たちが一斉にエヴェリンへと襲いかかった。

彼女の仲間たちも武器を持って襲ってきたが、すべて魔獣たちが返り討ちにして、全員の身柄《みがら》を拘束《こうそく》したのだった。

——結局、エヴェリンも含め、全員を縛《しば》りあげて馬車へと閉じ込め、近所の住民のもとへ、王都の騎士団に連絡を取ってもらうよう頼みに向かうのだった。

翌日。

村長が呼んだ騎士団は、午前中のうちに村へとやってきた。

どうやら、ヤツらは過去に何度も同じような手口で違法な人身売買を繰り返していたらしい。ようやく首謀者であるエヴェリンを捕まえられたと喜んでいた。

そのエヴェリンと金で雇われていたゴロツキたちは、騎士団の用意した馬車へと詰め込まれ、監《かん》獄《ごく》送りになるそうだ。

一方で子どもたちだが、大きな心の傷を癒《いや》すため、騎士団からの紹介で、俺たちが今いる国——大陸最大国家であるセラノス王国の王都にある児童養護施設に入れてもらうことになった。

村から王都までの数日、俺と子どもたちは騎士団とともに旅をすることになる。

そして道中は何事もなく、俺たちは無事に王都に着き、そのまま施設へと足を運んだ。

子どもたちには別の部屋で待機してもらっている間に施設の職員に事情を話した後、俺は同行していた騎士に金を渡す。

旅の資金としてそれなりにまとまった金があったので、それを全額寄付したのだ。

関係者はかなり驚いていたっけ。

冒険者時代にコツコツと貯めたその額はかなりのものだったからな。

ともかく、その金を預けると子どもたちをよろしく頼むと頭を下げ、最後にみんなへ挨拶《あいさつ》をしに別室に向かおうとしたのだが――

「待ってくれ」

ここまで案内してくれた黒髪の騎士に止められた。

確か、ラングトンって名前だったな。

年齢は俺と同じくらい。

着ている制服もまだ綺麗《きれい》だし、新兵のようだ。

「君にも生活があるだろう？　すべてとは言わず、少しくらい持っていった方がいいのではないか？」

ラングトンはそう言って金の一部を返してこようとするが、俺は首を横に振る。

「問題ない。俺の生活くらいどうとでもなる」

「し、しかし」

「俺なんかより、まだ幼いあの子たちには、どうか真っ当な暮らしができるようにいろいろと教えてやってくれ。預けた金はそのための教育資金だと思って使ってくれたらいい」

「……分かった。君から受け取ったこの金は、銅貨一枚たりとも無駄《むだ》にはしないと誓う」

ラングトンは納得してくれたらしい。

なんというか……愚直《ぐちょく》なヤツだ。

でも、騎士という役職に就く人は、それくらいでちょうどいいのかもしれないな。彼のような騎士が出世してくれたら、きっと世の中はもっといい方向へ進むだろう。

俺は最後にもう一度頭を下げてから、子どもたちが保護されている部屋を訪ねる。

「先生！」

「師匠！」

八人全員が、俺のところへ駆け寄ってきた。

これからもずっと一緒にいたい。

子どもたちは涙ながらにそう訴えた。

できるなら、俺もそうしたい。教会でみんなと過ごした日々は本当に楽しかった。あのままずっと村にいたかったのだが、落ちこぼれの三流冒険者である俺には、八人の子どもたち全員を引き取って育てられる余裕も自信もない。

それに……俺なんかと一緒にいたら、きっとこの子たちを待ち受ける未来は、ろくでもないものになってしまうだろう。俺と同じようにな。

信頼していた仲間に裏切られ。

惚れた女にも裏切られ。

何も残っていない、空っぽの俺と同じ人生を歩ませるわけにはいかない。

だから、俺は――

「もう……おまえたちに教えることは何もない。あとは、俺が教えたことを守って――精いっぱい生きろ。そして幸せになれ」

子どもたちにそれだけを告げた。

みんな、最初は驚いたように目を見開いていたが、年長者は事情を察して、泣きじゃくる年下の子たちをなだめていた。

一緒に連れていってもらえると思っていたあの子たちにはショックだったろうけど、明日の飯代さえ稼げるか分からない俺といるより、この施設にいた方が絶対にいいはずだ。

この施設はきっちりと教育を施してくれることで有名だ。ここを出た後、騎士団や魔法兵団で凄《すさ》まじい功績をあげ、重要なポストに就く人物も輩出《はいしゅつ》しているという。

ここでなら、みんな幸せになれるはず。素直で優しく頑張り屋なこの子たちならば、きっと輝かしい未来を掴めるだろう。

騎士団や魔法兵団に入って地位を高めれば、幼い頃に俺と過ごしたわずかな時間なんて忘れる。

俺としても、これが今生《こんじょう》の別れとなったところで後悔しない。

いつか、有名になったこの子たちの噂《うわさ》でも耳にできればそれでいい。

そんなことを思いながら、俺はみんなの前から去った。

それと時を同じくして、俺はもうひとつ、ある決断を下した——すべての魔獣たちと契約を解除したのだ。

というのも、すべては俺がテイマーなんて職をやっているから、こういう不幸な目に遭うんじゃないかと思ったからだ。

もちろん、言いがかりに近いという自覚はある。

でも、「何かを変えたい」という願望に負けて、魔獣たちとの契約を打ち切ったのだ。

魔獣たちは、俺の気持ちを察してくれたのだろう。契約が切れると、俺から離れていった。

テイマーとしての道を捨てた俺は、しばらくフリーで活動することにした。

短期間のうちに二度も派手に裏切られたこともあってすっかり人間不信に陥《おちい》っており、一人でも達成可能な低報酬のクエストばかりをこなし、その日の生活費を稼ぐ日々を送る。

——だが、数年も経つと少しずつ心境に変化が出てきて、立ち直りの兆《きざ》しが出てきた。

さらに数年後には、偶然知り合った魔法使いに弟子入りを果たし、そこから五年をかけて基礎《きそ》的な知識と技術を徹底的に学んだ。

ある程度の魔法が使えるようになると、魔法使いのもとを去り、それからは主に単独で簡単なクエストをこなして稼ぐ日々を送った。

最近になってから、新しく二体を加えてテイマー業を再開し、なんとか生活はできるようになっている。

あの時、契約を解除した魔獣たちは……今どこで何をやっているんだろうな。

みんな元気で暮らしてくれているといいのだが。

ともかく、パーティーメンバーに惚れた女……信じていた者たちに次々裏切られた俺には、上を目指す意欲はもはやなかった。

それからはもう、何年もダラダラと冒険者稼業をしながら生きている。

この先も死ぬまで、こんな日々が続くのだろう。

――って、思っていたんだけどなぁ。

◇　◆　◇　◆　◇

仕事場であるダンジョン近くの山道にて。

「腹が減ったなぁ……主よ。我は肉を所望する」

「そこら辺にトカゲがいるだろ。好きなだけ食え」

「……いい加減、まともな肉を味わいたいものだ」

「だからって家畜を襲うなよ。怒られるのは俺なんだから」

「そんな心配をするくらいなら肉をくれ。肉はすべてを解決する」

文句を垂れている相棒――白狼《はくろう》という狼《おおかみ》型魔獣のシロンを連れて、俺はダンジョンからの帰り道を歩いていた。

……あの事件から十三年。

今日もしがない冒険者としての仕事は無事終了した。

ちなみに、本日の仕事は魔鉱石の採集クエストだ。

俺は相変わらず、戦うことが好きじゃない。最奥部まで足を運んで強い魔獣を倒し、大金に替えられるお宝をゲットするより、ダンジョンの入口付近で採取できる魔鉱石を売りさばいて小金を得る方が性《しょう》に合っている。

最奥部とまではいかなくとも、戦闘特化タイプの魔獣をテイムして連れているのだから、彼らに戦闘を任せてもっと稼げるクエストに手を出してもいいのだが……まあ、平和が一番だよ。戦わないならそれが一番いい。

正直、こうした採集クエストはあまり稼げないのだが、男一人で暮らしていくには事足りる。

「うまい肉を食わねば仕事に支障をきたすぞ」

「そうは言うが、うまい肉は高い。そしてうちには金がない。これで謎はすべて解けたな」

至極単純な理論だが、シロンは腑《ふ》に落ちていない様子。

「ならばもっと高収入のクエストに挑めばいいものを……」

「危険を伴う仕事はなるべく避《さ》けたいんだよ。まあ、日々少しずつ貯金をして、たまにうまい肉を食うくらいで勘弁《かんべん》してくれ」

「まったく……心遣いは嬉《うれ》しいが、その程度の小銭稼ぎで満足してよいのか？　主のテイマーとしての資質があれば、もっと上を目指せるというのに……我は悲しいぞ、主よ」

そこまで評価してもらえるのは素直にありがたい。

けど、もう出世とかそういうのはどうでもいいっていうのが本音なんだよなぁ。

「飯が食えているんだから、それでいいだろ？　贅沢《ぜいたく》こそ最大の敵だ」

「そんなことだから、いつまで経っても嫁が来ないのだぞ」

「うるせぇ。余計なお世話だ」

しかし、最近シロンの小言がうるさい。

おまえは俺の母親かってくらいに。

まあ、一応性別は雌《めす》になるからな。出産の経験はないが、本能的に母親的な振る舞いをしてしまうのだろう。

「いや、ちょうどいい機会だ。今日はトコトン言わせてもらおう。主はそろそろ身を固めるべきだ。いつまでもだらしない生活をしていては長く生きられんぞ？　早く結婚して子どもを作れ。そして我にお守《も》りをさせてくれ」

「さてはそれが本心だな……」

俺は今年で三十五歳になる。

年齢的にも子どもの一人や二人がいてもおかしくはないのだが……どうにもそういった話とは縁遠く、嫁どころか恋人もいない有り様《ありさま》だ。

別に、どうしても結婚したいってわけじゃないし、一人の方が稼ぎを気にしなくていいから楽なんだが……ここ最近はそのことをやたらシロンにいじられる。

それでも、俺は今の生活に不満なんてない。

定住していないので、寒くなれば南に行くし、暑くなれば北に行く。

お世辞《せじ》にも豊かとは言えないが、毎日を気楽に過ごせて楽しい。

パートナーのシロンもいるしな。

――っと、そういえばパートナーはシロンだけじゃなかったな。

「旦那《だんな》ぁ！」

ドスドスドス、と重量感のある足音を立てて近づいてくるのは、シロンと同じく俺の相棒であるリザードマンのクロスだ。

二メートルを軽く超える巨体とその厳《いか》つい見た目で怖がられることも多いが、根は優しくてお調子者の楽しいヤツだ。

「あん？　なんだよ、シロン。辛気臭《しんきくさ》い顔してるな」

「腹が減っているのだ」

「そうかよ。その辺にいるトカゲでも食いな」

「……ここにもデカいトカゲがいたな。しかし、死ぬほどまずそうだ」

「なんだと！　てめぇをこの場でおやつにしてやろうか、四足歩行！」

「やれるものならやってみろ、二足歩行！」

「やめんか、暑苦しい……それで？」

俺は二体をたしなめると、クロスの方へ向き直る。

クロスは、ギルドへ使いとして送り込み、そのまま俺たちが戻ってくるまで待機しているよう命じてあったのだが、それをあっさり破ってここへやってきた。

……ただ、クロスはいい加減なところはあるものの、俺の言いつけを破ることはこれまでに一度もなかった。

ゆえに、俺はクロスがここまでやってきた理由に興味を持ったのだ。

「クロス、俺に伝えたいことがあるんだろう？」

「そうなんすよ！　ヤバいっすよ、旦那！」

「何がどうヤバいのか、詳しく話してくれ」

たまにあるのだが、あまりにも興奮しすぎていて何を話しているかよく分からなくなる……それが、クロスの悪いところだ。

――で、ようやく落ち着いたようなので改めて話を聞くことに。

「ギルドによそ者が来たんすけどね……こいつがなんと――バーツの旦那を捜《さが》しているみたいなんすよ」

「俺を？　同名の別人じゃないのか？」

「バーツ・フィリオンってフルネームを言っていたから間違いないですぜ！」

バカな。あり得ない。

ただのしがない三流冒険者である俺を捜しに、人が来ているなんて。

古い知人なのかと記憶をたどるが、わざわざ俺を訪ねてくるような間柄の人物に心当たりはない……言っていてちょっと悲しくなってきた。

ともかく、そういった事情からちょっとキナ臭さを感じた。

「主よ、心当たりは？」

「……ない」

「だろうなぁ。孤独を愛する三十代独身冒険者の旦那に、あんな若くて美人な知り合いがいるなんて思えねぇしよ」

「余計なお世話だ」

相変わらずひと言多いな、クロスは。

だが、さらによく分からない情報が付け足された。

若くて美人だって？

ますますあり得ない話だ。

百歩譲って同業の冒険者とかならまだ可能性もあるのだが、女性とはそもそも、というか最近女性と会話したのって――いつだ？

同業の冒険者、ギルドの受付、食堂の店員とか、その程度だぞ？

あと、それも会話っていうよりは業務上のやりとりだけだ。

……どうにも、今日はネガティブな思考ばかり出てくるな。

ともかく、俺にやましいことはないので、ギルドへ行ってみるとするか。

大体、今日の報酬をもらわなくちゃ晩飯にもありつけないわけだし。

シロンとクロスを引き連れて謎の女性の正体を考えながら歩いていたら、俺たちが冒険者稼業の拠点としている町――ラウディへとたどり着く。

大きな町ではなく、どちらかという小さい部類に入る。ダンジョン探索に来た冒険者を相手にすることで収入を得ている店舗がほとんどだ。

当然、ギルドもあるが……大都市のギルドに比べたらかなり小さい。

それこそ、王都と比べたら半分以下の、せいぜいが王都の宿屋以下の規模だが、俺たち冒険者にとっては大事な収入源となる場所だ。

そこに、俺を捜している美人がいる。

普通ならちょっと浮かれた展開を期待するが、これまで女性とろくに付き合ってこなかった俺は、どうにも不気味に感じて仕方がなかった。

いろんな感情が渦巻く中、俺たちがギルドへと足を踏《ふ》み入れると――そこには異様な光景が広がっていた。

まず、静かなんだよ。

ギルドの建物に入ってすぐに、カウンターとかがある広間があるんだが、人は結構いるのに、まるで時が止まっているんじゃないかと錯覚《さっかく》してしまうくらいだった。

原因は恐らく……広間のちょうど中央部に立つ一人の女性と、その女性のすぐ近くにいる甲冑《かっちゅう》を着込んだ大柄な者だろう。

二人のうち女性の方は、俺に背を向けた状態で、甲冑の方も顔が隠れていて見えない。

恐らく、あの女性がクロスの言っていた美人だ。

――なるほど。

確かに、背を向けられているため顔は見えないが、間違いなく美人だ。赤い髪のポニーテールからのぞく美しいうなじのラインを見ただけでそれが分かる。

その横にいる甲冑の方は体格的に男――彼氏か？

……いや、彼氏じゃない。

というか、あれは「人間」じゃない。

テイマーだからこそ、まとっている気配でそれが察せられる。

「……主よ」

「ああ、間違いない」

シロンは感じ取ったようだな。

あの子は――俺と同じ。

魔獣使いのテイマーだ。

それも、かなりの使い手みたいだな。

どうもあの甲冑がパートナーらしいが……見たことのない魔獣だ。

ジッと魔獣を見つめていたら、女性がこちらの視線に気づいたらしく振り返り、俺とバッチリ目が合う。

正面から顔を見ると、思っていたよりずっと若い。

十代後半か、二十代前半くらいか。

そんな感想を抱いた次の瞬間――

「っ!?」

女性の顔がボッと赤くなる。

髪色と同じくらい真っ赤だ。

「……うん？」

そんな女性の顔を見ていると――なんだか見覚えがある気がしてきた。

おそらく相当昔だが……どこかで会っている気がする。

詳しく話を聞くため声をかけようとしたのだが、それよりも先に、女性が物凄《ものすご》い速さでこちらへ近づいてくる。

そして、俺の前まで来るといきなり跪《ひざまず》いた。

突然の行動にギルド内は騒然《そうぜん》となる。

当然、目の前で予想外の行動を取られた俺やシロン、クロスもビックリしすぎて言葉さえ出ない状況であった。

そんな周囲の様子を一切気にせず顔を上げた女性は、俺に満面の笑みを向けて叫んだ。

「お久しぶりです、バーツ師匠！」

「……は？」

えっ？

師匠？

俺が？

……それはあり得ない。

俺はしがない三流の冒険者だ。弟子なんて取るはずがないし、そもそもこんな俺に弟子入りを志願する酔狂《すいきょう》な者などいるはずがないのだ。同じテイマー職を目指すにしたって、俺より優秀なヤツはごまんといるわけだし。

だが、彼女の瞳《ひとみ》は真剣そのもの。

何の疑いも抱かず、俺を信じているかのような眼差《まなざ》しを向けている。

「ずっと……ずっと捜していたんですよ……？」

「い、いや、君は――」

「セラノス王都にある施設に私たちを預けてから姿を消して……本当に悲しかったんですから」

「セ、セラノス……？」

王都？

施設？

――待てよ。

「あっ」

フッと記憶が湧《わ》き上がってくる。

弟子は取っていないが、テイマーとしての心得を教えた子どもが何人かいる。

思い出した……彼女はそのうちの一人だ。

間違いない。

おぼろげな記憶を必死にたどってみれば、わずかだが面影《おもかげ》が残っていた。

あの赤い髪にちょっとだけ吊《つ》り上がった気の強そうな目元……会うたびに「将来は師匠のようなテイマーになります！　あと、剣術が得意なので騎士にもなります！　そしてお嫁さんにしてください！」と欲張りな宣言をしていた彼女の名前は――

「もしかして……ノエリーか？」

「っ⁉　思い出してくださいましたか！」

「あ、ああ……」

名前を口にしただけなのに凄い食いつきっぷりだな。

それにしてもノエリーか……懐かしいな。

あの教会で、エヴェリンが人質にとったあの女の子だ。恐怖に泣きじゃくっていたあの子がこんな立派に成長するなんてなぁ。

「十三年ぶりでしたから、忘れられているのではないかと心配していましたよ！　あっ！　私は恩師である師匠の顔を忘れたことなんて、一度たりともなかったですけどね！」

「そ、そうなのか。そいつは光栄だ」

正直、忘れかけてはいた。だって、まさか大人になって訪ねてくれるなんて夢にも思わなかったから。しかも、こっちの居所は伝えていなかったし。

……まあ、ここは本人が嬉しそうにしているから野暮《やぼ》なことは言わないでおこう。

正直、俺としてもいつかこうなる日が来るんじゃないかって期待をしていたところもある。

でもまあ、きっと時が経つにつれて忘れてしまうだろうなって思っていたが……まさか本当に訪ねてきてくれるなんてな。

とりあえず、立ってもらってから何か話題を振ってみるか。

「そうかしこまらないで立ってくれよ。それにしても懐かしいなぁ。今は何をしているんだ？」

「セラノス王国の騎士団で聖騎士やってます！」

「そうか。聖騎士か――聖騎士!?」

思わず叫んだ。

確かにあの施設からは、騎士団や魔法兵団に属する子も出ている実績があった。

だが、まさか聖騎士になっていたとは。

聖騎士というのは、千人以上いるといわれる王国騎士たちの中でもほんの少し握《にぎ》りしかいない、超エリート中のエリート。相当の実力がなければ与えられない地位だ。

それだけでも十分凄いのだが、二十代女性で聖騎士なんて史上初なんじゃないか？

聖騎士のイメージといえば、俺より少し年上で白髪《しらが》交じりのおっさんだからな。

にわかには信じられない話ではあるが、ふと彼女が着ている制服の左胸に目がいく。

そこには煌《きら》めく十以上の勲章《くんしょう》が……まさか、本当に聖騎士なのか？

「何を驚いているんですか？」

「い、いや、別に……でも、よかったよ。元気そうで。おまけに聖騎士なんて凄い立場にいるとは」

「そんな……私なんてまだまだですよ」

謙遜《けんそん》しているが、本当に凄いことなのだ。

しかし、そんな偉い立場のノエリーがなぜ、自ら俺のもとを訪ねてきたんだ？

積もる話もあるので、とりあえず場所を変えようと提案することにした。未だにギルド内は騒然としており、落ち着いて話せる環境じゃないしな。

「ノエリー、場所を変えないか？」

「いいですよ。どこにします？」

「近くに馴染《なじ》みの食堂があってな」

「それは楽しみです！」

目を輝かせながら距離を詰めてくるノエリー。

……そうだ。

この子は昔からそうだった。

人懐っこいというか、好奇心旺盛《こうきしんおうせい》というか……よく俺の膝《ひざ》の上に乗っかっていたのを思い出したよ。

ともかく、そんなノエリーが俺のもとへとやってきた理由を知るため、ひとまずギルドを出ようとしたのだが……彼女の関心は俺の連れているパートナー魔獣へと移っていた。

そういえば、あまりにも唐突な展開だったため、シロンとクロスにはこの子の正体を教えていなかったな。

まあ、会話でなんとなく誰なのかは察したようだが……俺の過去の話とか伝えていなかったので、混乱しているみたいだ。

「この子たちが師匠の新しいパートナーなんですね！」

シロンとクロスに抱きつき、無邪気《むじゃき》にはしゃぐノエリー。

しばし呆気《あっけ》に取られていた二体だが、敵意はないというのが分かると、警戒心を解いて話しかける。

「まさか、我が主に女性の弟子がいたとは……」

「おまけに美人ときている！　驚いたなぁ、ホント」

「美人だなんてそんな――って、よく考えたらどうして人間の言葉を話せるんですか⁉」

「それは主の言語魔法のおかげだ」

ノエリーの言うように、普通の魔獣は人間の言葉を喋《しゃべ》れない。しかし俺は魔法使いから教わった言語魔法をシロンとクロスにかけることで、二体を喋れるようにしているのだ。

「魔法まで使えるなんて……さすがは師匠！」

俺を差し置いて盛り上がる一人と二体の魔獣――とは言うものの、この場合は寂《さび》しさよりも嬉しさの方が勝っているかな。

おっと、そうだった。

店へと向かう前に、こっちの子についても説明を求めておこうか。

「なあ、ノエリー」

「はい？」

「そっちの魔獣は君のパートナーか？」

「あっ、そうなんです！　まだ紹介していませんでしたね！」

ノエリーは気軽に魔獣の体をバシバシと叩《たた》く。

体の大きさはクロスに匹敵するが、特徴としてはその体そのものか。これは正確には甲冑ではなく、それを彷彿《ほうふつ》とさせるような、全身銀色の金属ボディなのだ。物理か魔法か問わず、あらゆる攻撃を撥《は》ね返しそうな頑強《がんきょう》さがうかがえる。

本物は初めて見るが……噂くらいは耳にしたことがあるぞ。

これはSランク魔獣の鋼鉄魔人《アイアン・レイス》だ。

魔獣は強さや希少性によってランク分けされており、通常は上からA、B、C、D、Eと分類されるのだが、その中でも特に強力だったり珍《めずら》しかったりする魔獣は、Sランクとされている。

つまり、そう簡単にテイムできる魔獣じゃないはずなのだが……それをあの若さでテイムしたっていうのか？

Ｓランク魔獣をパートナーとして連れているとなれば、そりゃあ騎士団の中で有望視されるはずだ。

というか、本当はこんな辺境の町に自ら足を運んでくるような立場じゃないのでは？

「師匠？　どうかしましたか？」

「っ！　あ、い、いや、なんでもない。それよりそろそろギルドを出ようか」

「そうでした！」

シロンやクロスとのじゃれ合いに夢中になっていたからもしかしてと思ったが……やはり、話すことを忘れていたか。

そういえば、幼い頃のノエリーにもそんな一面があった。

何か夢中になることがあると、それ以外のことが抜けてしまうのだ。

当時は教えていたメンバーの中では最年少だからと思っていたが、もともとこういう性格をしているらしい。そういうところは聖騎士っぽくないな。

もっと彼女のことを知りたい。

それにできれば、預けていった他の七人についての近況も聞きたい。

大出世したかつての弟子と一緒に、俺はギルドをあとにした。

この町で世話になっている食堂へ入ると、テーブル席へ腰を下ろす。

いつもはカウンターだが、今日はノエリーたちもいるのでこちらを利用させてもらう。

ちなみに、入った瞬間から俺たちは客の視線を釘付《くぎづ》けにしていた。

最大の原因はノエリーの相棒だろう。

うちのクロスもデカいが、それに匹敵するサイズであり、なおかつ全身が甲冑のようになっているので余計に目立つのだ。

ただ、当のノエリーはまったく気に留めていない様子だった。

恐らく、あの魔獣をパートナーにしてから、いろんな場所で好奇の目で見られ続けてきたのだろう。クロスも大きくて怖い風体《ふうてい》をしているが、リザードマンという魔獣は、パートナーにしているテイマーが多いためそこまで注目を集めるなんてことはなかったな。

話をする前、店主には鋼鉄魔人《アイアン・レイス》の安全性を説明し、一般客として扱ってもらうように頼んでおく。

ひと通り注文を終えてからいよいよ本題へと入る。

「ノエリー……君がわざわざ俺のもとへやってきた理由を教えてくれないか？」

誤魔化《ごまか》すことなく、真っすぐに疑問をぶつけた。

こちらの真面目な空気が伝わったのか、ノエリーは「うぅん」と咳払《せきばら》いをしてから話し始めた。

「実は、我がセラノス王国では、これまでの騎士団や魔法兵団を統合し、新たな国防組織を編制しようと動き出しているのです」

「新たな国防組織？」

おいおい……思っていたよりもスケールの大きな話になってきたぞ。

だが、その国防組織とやらが、俺に会いに来た話とどう関わってくるんだ？

「それで、幹部のうち数名を外部から召集しようという話になったのですが……私はその幹部に師匠を推薦《すいせん》しようと考えているのです」

「んなっ⁉」

話の流れからまさかとは思っていたが、その通りだったとは。

とはいえ、さすがにそれは無理がありすぎないか？

「理由は分かったが、どうして俺なんだ？　ただのしがない三流テイマーだぞ？　しかも功績なんてひとつもない無名冒険者だし」

「あはは、御謙遜を」

ノエリーはジョークだと思ったみたいだが……マジなんだよ。

「三流なんてとんでもない……あなたは私たちに道を示してくれました」

真っすぐに見つめてくるノエリーには、きっかけは、当時惚れていたエヴェリンにいいところを見せたいって下心だったとは言い出せないな。

「それと、師匠にお願いしたいことはそれだけじゃないんです」

「へっ？」

正直、新しい国防組織の幹部ってだけでも面倒なんだが……一体なんだ？

「今、セラノス王国ではテイマーを志願する人が増えているんです。魔獣と一緒なら、困難な任務も成功させやすくなりますし、私たちとしても推奨《すいしょう》していきたいと考えています」

「ふ、ふむ」

「そこで同時に、指南役も必要だなという考えに行き着きまして」

「うんうん――うん？」

ちょっと待ってくれ。

その口ぶりだと――

「師匠には、新生国防組織が形になって幹部に就任するまでの間、セラノス王国のテイマー志願者たちを、私たちにしてくれたように教育してもらいたいんです」

「…………」

やっぱりそういう流れになるか。

ハッキリ言ってしまえば、自信はない。

彼女たちにテイマーとしての心得を教えたのは間違いなく俺だが、あれは本当に基礎中の基礎だ。テイマーを目指す者であれば誰しもが一度は通る道であり、難しいことは何も教えていない。俺じゃなくたって教えられるヤツはごまんといるはず。

でも、ノエリーがその候補に俺を挙げてくれたのは、心から嬉しかった。

だからこそ、ここは彼女に恥《はじ》をかかせないためにも辞退した方がいいだろう。せっかく聖騎士という素晴らしい地位に就いているのだし。

「悪いがな、ノエリー……俺にそんな大役が務まるなんて――」

「いいえ！　師匠ならばできます！」

まだ断り終える前なのに、バッサリと否定された。

「だって、私を育ててくれたじゃないですか！」

「そ、それは……」

俺が教えたのは心得くらいで、あとは自力だと思う。

「君が素晴らしい才能を持っていたからだよ。俺の力じゃない」

「いいえ！　その証拠に、私だけじゃないんです！　他のみんなだって同じように思っているんです！　いつか必ず、師匠の偉大さを知ってもらおうと、捜し回っていたんですから！」

そう早口で語るノエリーの瞳は、満天の星のように輝いていた。

……今の彼女は俺との再会で少し舞い上がっているようだ。

ここは落ち着いてからもう一度――って、ちょっと待てよ。

さっき、ノエリーはとても気になる言葉を口にしていた。

「ノエリー……今、他のみんなって言ったか？」

「はい？　言いましたよ？」

「そのみんなって、君と一緒に俺が教えていた、そのみんな？」

「そのみんなです！」

ということは……もしかして、ノエリー以外にも出世している子がいるのか？

「な、なぁ、ノエリー、ひょっとしてなんだが……かつて俺があの教会でいろいろと教えていた他の子どもたちも君と同じように騎士団へ？」

「いえ、違います」

「そ、そうか」

だよなぁ。

そんなうまい展開なんて――

「私よりもずっとずっと偉い立場になっています」

「えぇ……」

「みんな、師匠がこのお話を受けてくれたらと願っているんです」

「えええええぇ……」

さらにとんでもない事態が発覚した。

勲章を授かるくらい活躍しているノエリーだけでも十分凄いのだが、他の子はもっと上の地位にいるという。

しかも、ノエリーの話では、全員「俺に育てられた」という感覚でいるらしい。

……いや、俺からすると、置き去りにされて恨《うら》んでいるかもしれないとは思っていたが、まさかそこまで記憶が美化されているとは思わなかった。立派に育ってくれて嬉しいが、それは本人たちのたゆまぬ努力のおかげだろう。

「と、とにかく、俺には国防組織の幹部なんて――」

「ダメでしょうか……」

「っ!?」

途端にシュンとしょげるノエリー。

ぐっ……や、やめてくれ……その表情は……し、しかし、俺には――

「ここまで弟子が頼んでいるっていうのに、我が主ながら情けない」

「絶対今よりいい生活ができるっすよ！　新鮮な肉が食い放題だ！」

シロンにクロスはそっち側か⁉

さらに――

「…………」

これまで沈黙を保っていた鋼鉄魔人《アイアン・レイス》もグイッと顔を近づけてくる。抗議しているつもりなのだろうか。

「……ボッ」

おまえそんな声で鳴くのか……そして意味が分からん。

「ダメだよ、アイン。師匠が怖がっているから」

「いや、そういうわけじゃ……」

小さい子どもに言い聞かせるような口調のノエリー。

……ちゃんと名前をつけてあげているんだな。

そういう細かな教えもちゃんと覚えていたのか。

「……はあ」

頭を整理するという意味も込めて、大きく息を吐く。

まあ、短期間で、しかも不純な動機で弟子にしたとはいえ、やっぱり弟子は弟子だ。

困っているなら手を差し伸べる。

それが師匠としての務めだ。

「……分かった。王都へ行こう」

「っ！　ありがとうございます！　みんなもきっと喜びます！」

やれやれ、急に元気を取り戻したな。

……さっきのアレはもしかして演技とかじゃないよな？


それから、今日はもう遅いので、明日改めて迎えに来ると告げ、ノエリーは去っていった。

後に残ったのは、周りからの痛い視線のみ。

俺が採集クエストしかこなさない万年三流冒険者であることは、この町の人間ならみんな知っている。

それがあんな可愛い子にあそこまで持ち上げられたらそうなるか。「何か弱みでも握っているのか？」と不審に思われたかもしれない。

「そうしょげるなよ、旦那」

「こればっかりはクロスの言う通りだと思うぞ、主。三十代半ばから新しい人生を歩むというのもいいじゃないか。しかも、可愛い弟子と一緒なんて最高の贅沢だ」

「おまえらなぁ……」

魔獣はいいよなぁ、気楽で。

大陸最大国家セラノスの新生国防組織の幹部……そんな大役が、俺に務まるとは到底思えないのだが。

まっ、ノエリーも俺の実力を改めて認識すれば、気持ちも変わるだろう。

それに、幹部の話だってまだ本決まりではない――あくまでも候補のうちの一人なのだから。

セラノスほどの大国ならば、きっと他にも優れた人材が大勢集まってくるだろうし、そうなれば俺は候補どまりで、幹部には別の人がなるだろう。

ともかく、こうして俺はセラノス王国の王都を十三年ぶりに訪れることとなったのだった。

第二章　試される無名テイマー

翌日。

俺とノエリー、それからそれぞれが連れている魔獣三体を連れて、冒険者の町ラウディをあとにする。

しかし、セラノスの王都はここからかなり距離がある。

どうやって移動するのかと思っていたのだが、ノエリーが提案してきたのは意外な方法だった。

……いや、テイマーである彼女らしいといえばらしいか。

「私の魔獣をすでに呼び出してあります」

町を出てしばらくしてから、突然ノエリーがそんなことを言う。

「アイン以外にも魔獣を使役しているのか？」

「はい。移動するために鳥型魔獣とも契約を結んでいるんです。――あっ、噂をすれば」

ノエリーはそう言って視線を空へと向ける。

つられて俺も空を眺めてみると、確かに鳥が数羽飛んでいる。あの中に、彼女が呼び出した魔獣がいるようだな。

しばらくすると、そのうちの一羽がこちらへと下降してきた。

最初は何事もなく眺めていたのだが、その鳥型魔獣との距離が縮まってくると、俺は「おいおい」と呟《つぶや》いてしまった。

ノエリーが呼び出した鳥型魔獣はめちゃくちゃ巨大で、おまけに獰猛《どうもう》そうな目つきをしていたのだ。

ちょっとやそっとじゃ人間に懐きそうもないのだが、地上に降りてノエリーに撫《な》でられている姿を見ると、かなり懐いているようだ。つまり、相手がノエリーの実力を認めたということになる。

「凄いな……こんなに大きな魔獣を手懐けるなんて」

「これもすべては師匠の教えの賜物《たまもの》ですよ」

こんなにデカい魔獣を従えた経験はないんだけどね。ノエリーたちにテイマーとしての心得を教えていた頃に連れていた魔獣たちは、みんなシロンやクロスよりも小柄だったし。

でもまあ、たとえ過大評価であっても、真っすぐにそう言ってもらえるのは素直に嬉しいな、やっぱり。

「さあ、乗ってください」

彼女に促されるまま、俺は巨大な鳥型魔獣の背中へ。それからシロンとクロスも続き、最後にノエリーと鋼鉄魔人《アイアン・レイス》が乗ると、魔獣は翼を広げて大空へと舞い上がった。

「きちんと主人の言うことに従っているな。いい関係を保てている」

「これもすべては師匠のおかげですよ」

「いやいや、俺は何もしていないって」

「そんなことはありません。師匠は教えてくれました。『どんな魔獣とも、ちゃんと心を通わせることができれば仲良くなれる』って」

「ノエリー……」

それは、なんとなく言った記憶がある。

とはいえ、この業界は実際そこまで甘くはないのだけど、少なくとも俺自身はずっとそれを信条にしてやってきた。

テイマーってヤツは、魔獣がいなければ成立しない。

だからこそ、魔獣との信頼関係は重要なのだ。

ただ、この考えに賛同してくれた同業者は未だかつていない。

さんざん「甘い」とか「三流の考え」ってバカにされてきたな。テイマーにとって魔獣とは騎士で言う剣であり、魔法使いで言う杖《つえ》……つまり道具だという立場が一般的なのだ。

……けど、俺は考えを改めなかった。

一度だって、変えようとさえ思わなかった。

その信念はノエリーにも受け継がれていたようだ。

そして俺の教えたことを曲げずに続けた結果、彼女はSランク魔獣の鋼鉄魔人《アイアン・レイス》と契約した。

そんなノエリーを見ていると、よくやったと褒《ほ》めてやりたいのと同時に、俺の考えは間違っていなかったんだって証明されたみたいな感じがした。

そういう意味では、俺の方が彼女に感謝しなくてはいけないな。

移動中、俺はノエリーの近況をより詳しく聞いた。

どうやら、聖騎士となってから分団長を務め、新しくできるという新生国防組織においても、何かしら隊長職に就くことが決定しているらしい。

より彼女のことを知ろうと尋ねたのだが、ますます遠い存在に感じてしまう結果となってしまったのだった。


ノエリーの呼び出した魔獣のおかげで、数日かかる道のりをわずか数時間に短縮することができた。

たどり着いたのはセラノス王都。

十三年前――ここにある施設へノエリーたちを預けて以来の来訪となる。

中央通りへと歩いて向かうと、相変わらず凄まじい活気だった。

朝市が賑《にぎ》わいのピークと言われる町が多い中で、ここは昼過ぎだというのに多くの人が行き交っている。

「これは凄い……」

「あぁ……たまげたねぇ」

シロンもクロスも、初めての王都に驚き――というよりは、これまで訪れたどの町よりも盛大に賑わう様子を目《ま》の当たりにして、戸惑いを感じているようだった。

思えば、俺も最初にこの光景を見た時は同じような反応になったな。

――いや、あの頃と今とでは状況がだいぶ違った。

「十三年前もめちゃくちゃ賑わっていたが、今はそれ以上かな」

昔から人口は多かったが、ここまでじゃなかったような。

明らかに増えている。

しかし、俺が王都を去ってから今日に至るまでの十三年で、何か人口が増えそうな出来事でもあったかなぁ……冒険者稼業に肩まで浸かっていると、世間の事情とやらに疎《うと》くなる傾向があるからいけない。もっと日頃から新聞を読むべきだったな。

王都の現状について疑問を抱いていると、俺が何を考えているのか察したのか、ノエリーが解説をしてくれた。

「確かに、師匠が私たちをここに預けていた頃よりも、王都の規模は拡大しています」

「だよな！　やっぱり大国は違うなぁ……常に成長を続けているんだから」

「それについては――」

「このわたくしのおかげですわ！」

俺とノエリーとの会話に割って入るように、第三者の声が背後から響いてきた。

振り返ると、そこには一人の若い女性が腕を組んで立っている。

風になびく美しい金髪に青い瞳。

自信に満ち溢れた笑みを浮かべたその美人――けど、どこかで会ったことがあるような？

「ミネット……」

めちゃくちゃ嫌そうにノエリーが言う。

再会してから初めて見るな、あんな表情。せっかくの美人が台無しだからやめた方がいいと思うが。

それにしてもミネットって……あっ！

教会で俺がいろいろと教えていた子の中に、同じ名前の子がいたな！

「そうか！　君がミネットか！」

「思い出していただけました？」

元気いっぱいのノエリーとは対照的に、あの頃から大人っぽくてみんなのまとめ役だったミネット。

「いやぁ、懐かしい！　元気だったか！」

「もちろんですわ。先生の方こそ、あの頃からお変わりなく」

「いやいや、俺なんてもうすっかり年を取ってしまったよ」

「殿方《とのがた》もまた、年齢と経験を重ねるごとに人としての魅力《みりょく》というものが増すと言いますが……先生はそのどちらもしっかりと満たされているようで。さすがですわ」

「ははは、お世辞でも嬉しいよ」

受け答えもすっかり大人だな。

挨拶が終わると、次にミネットの関心を捉えたのは、俺が連れているパートナー魔獣のシロンとクロスだった。

「あら、あの頃とはメンツが違いますわね」

「主にもいろいろとあったのだ」

「察してやってほしいっす」

「ふふふ、主想いでいい子たちですわね」

やりとりを眺めていてふと気になったのは、彼女の格好だった。

騎士団や魔法兵団に所属しているなら、ノエリーのように制服を身にまとうはず。

だが、ミネットが着ているのは、動きやすさを重視しながらも、端々《はしばし》に気品を感じさせるようなデザインとなっている。

この手の服装をする職業には心当たりがあった。

「ひょっとして、王都では商人を？」

「あら、よく分かりましたわね」

「服装を見てなんとなくそうじゃないかってね」

「お見事な観察眼ですわ。おっしゃる通り、わたくしは王都の商人たちを集めて商会を結成し、今では王都中の商人たちをまとめるようになりましたの」

「お、王都中の商人を？」

商人というのは予想通りだったが、まさかそこまで立場が上とは。

そういえば、ノエリーが他の子たちも出世しているようなことを言っていたな。その言葉通り、ミネットは若いながらも商人として大成しているみたいだ。

「そういうわけですので、王都の経済が発展したのはその商会の影響も多大に含まれているのですわ」

「ほぉ、凄いんだな。君は昔から年下の子たちをまとめるのがうまかったし、きっとリーダー役というのが天職だったんだろう」

「ふふん！」

胸を張るミネット。

一方、ノエリーはなんとなく面白くなさそうな顔をしており、こちらの話が終わるよりも先に待ちきれなくなったのか、グイッと割って入ってきた。

「もうよろしいですか、ミネット。私はこれから師匠を案内しなければなりませんので」

「あら、随分とつれないのですねぇ……こうして偶然にも十数年ぶりにバーツ先生と再会できたというのに」

「偶然？　どうせ師匠が来るのをここで待っていたのでしょう？」

「あらあら？　わたくしと先生が楽しくお話をしているので嫉妬《しっと》してしまいましたか、ノエリーさん？」

あ、あれ？

なんか、両者の間にバチバチとぶつかる火花が見える気がする。

この二人……そんなに仲悪かったかな？

周りの通行人の反応を見ると、「また始まったか」って感じだし……あの口論は二人にとって、国民公認の挨拶みたいなものかな。

両者の睨《にら》み合いはしばらく続いたのだが、先にミネットが視線を外し、大きく息を吐き出す。

「まあ、今日のところはこれで勘弁してあげますわ。わたくしも多忙な身ですので」

「そうですか。それはとても喜ばしいことです」

「あなたには言っていませんわ。それよりバーツ先生、また後日改めて……その時は、ゆっくりとお茶でも飲みながらお話をしましょう」

「あ、あぁ、そうだな。楽しみにしているよ」

「では、ごきげんよう」

優雅に立ち去っていくミネット。

それに対し、「べっ」と舌を出す子どもっぽいノエリー。

……まあ、実際、仲が悪いわけじゃないことを、俺は十三年前から知っている。

なぜなら、エヴェリンがノエリーを人質にした際、彼女に体当たりをした三人のうちの一人が、他ならぬミネットだったのだ。

ノエリーが無事に保護された時も、喜びのあまり抱き合ってワンワンと泣き続けていたっけ。彼女にとって、ノエリーは可愛い妹分なのだと思う。

それにしても……俺の弟子、出世しすぎじゃない？

「気を取り直してまいりましょう、師匠！」

「そうだな。案内を頼むよ」

「お任せあれ！」

俺はノエリーに案内されるがまま、久しぶりに訪れたセラノス王都を見て回った。

治安もいいし、何より華やかな賑わいと穏やかな空気が交じり合うその雰囲気を、俺は気に入りつつあった。

シロンやクロスのような魔獣がうろついていても、特に気に留める者がいないというのもいい。

冒険者の多い町でなら問題ないが、王都のような大都市だと奇異の目で見られることも少なくはないからな。

つまりそれだけ、テイマーという職に理解があるのだろう。

まあ、そうした王都の事情に加え、俺の連れているシロンやクロスより見た目が数倍ヤバそうな鋼鉄魔人《アイアン・レイス》をノエリーが連れているのだ。それにそんな彼女に対して、すれ違う多くの人が挨拶をしたり、話しかけたりしている現状を見ると、今さら白狼やリザードマンくらいじゃ怯《おび》えもしないんだろうな。

移動の途中で、休憩《きゅうけい》のために俺はノエリーの「とっておき」という場所へと案内された。

そこは王都の真ん中を流れる運河のほとり。

周りはちょっとした森になっており、さっきまでの喧騒《けんそう》が嘘《うそ》のように静かだった。

なんだろう……自分がさっきまでと同じ王都にいるとは信じられないくらい別世界だった。

目の前の運河には、航行する小型の商船が何隻《せき》も見られる。それだけ商業が盛んということなのだろう。

あとこの運河、普通に釣りができそうな大きさだ。

「こりゃ凄い……」

「そうでしょうとも！　ここは私が秘密の特訓をするのに使っていた場所なんです！」

ノエリーは成長した胸を張りながら言う。

よく見ると、ここから彼女たちを預けた施設がすぐ近くにあるな。

こうして賑やかな中央通りから少し離れた場所から眺めてみると、この町の発展ぶりがよく分かる。人だけじゃなく、あの頃よりも建物が増えているんだな。

その時、俺はあるものを発見する。

「あれは……？」

それは、ちょっとした小屋だった。

どうやら今は使われておらず、だいぶ荒れているようだが、作りはしっかりしているので掃除《そうじ》さえすればまだ住めそうだな。

「私が鍛錬している時からありましたね」

「人は住んでいないのか？」

「そうですね。昔から空き家というか、持ち主はいないようです」

「なら……ここに住んでも問題ないな」

「えっ⁉」

めちゃくちゃビックリしているノエリー。

いやいや、そこまで変でもないだろう。冒険者稼業をしていた俺からすれば、これくらいの方がかえって貴族風の豪邸より住みやすいと思える。

「可能なら、ここを王都での拠点としたいのだが？」

「そ、それは構わないですが……本当によろしいのですか？　国防組織の幹部候補用に、新しい住居の建築が予定されていますが」

そういえば、俺が王都に来ている目的ってそれだったな。

騎士団や魔法兵団を融合させた新しい国防組織、しかもその幹部候補っていうくらいだから、想像を超えるリッチな住宅に違いない。

……ただ、長い冒険者生活が骨の髄《ずい》までしみ込んでいる俺としては、きっと落ち着いて生活ができないだろうなという懸念《けねん》があった。まあ、昔から雨風がしのげればそれでいいやってスタンスだし、今も宿代をケチって野宿することが多いし。

「配慮《はいりょ》はとてもありがたいが、この手の住まいの方が落ち着けるんだ」

「分かりました。それでは、住居の登録はこちらで済ませておきますね」

「助かるよ、ノエリー」

「いえいえ！　それより、ここに住むなら少しお掃除が必要ですね。家具もまともに使えそうなのは残っていなさそうですし」

ノエリーの言う通り……さすがの俺も、このままでは暮らせない。

家具に関しては今まであまり使ってはこなかったのですぐに必要としないけど、さすがにこの埃《ほこり》っぽさは何とかしないとダメだな。

というわけで、彼女にも手伝ってもらいながら掃除を開始し――結果、とりあえず寝るスペースだけは確保できた。

今日は時間がないのでここまでだが、明日からはいろいろと手を加えていこう。

森の近くではあるが、ちょっと開けたような場所もあるし、あれだけのスペースがあれば、自家菜園とかも造れそうだ。

「助かったよ、ノエリー。遅くまで付き合わせてしまって悪かったな」

「とんでもない。……なんだか、昔を思い出しました」

昔、か。

俺としては思い出したくないことの方が多いんだけど、彼女は俺と過ごしたわずかな日々を楽しい記憶だと語ってくれた。

おかげで、悲惨すぎて他人に語りたくなかった俺の過去が救われた気がしたよ。

「では、私はこれで戻りますね。シロンとクロスもお手伝いご苦労様」

「これからも主共々よろしく頼む」

「またな～」

「気をつけてな」

騎士団のエースと呼ばれるほどの実力者が職場である詰め所へ帰るだけなのに「気をつけてな」と言うのもおかしな話か。

それでも俺の中では、やっぱり子どもの頃のノエリーの姿が重なってしまい、そう声をかけてしまう。

ノエリーを見送った後、俺とシロンとクロスは初めてとなる我が家へと戻る。

明日、彼女は部下数人を連れてくるという。例の、テイマー志願者への指南というやつだ。

いよいよ、テイマーとしての教えを伝える時――自信はないけど、やれるだけのことはやろうと思う。

◇　◆　◇　◆　◇

翌朝。

「んあぁ……ここは？　──ああ、あの小屋か」

目が覚めると、天井があった。

小屋の中で寝ていたのだから天井はあって当たり前なのだが、野宿が多い俺にとっては、見慣れない光景であるには違いなかった。

すでにシロンとクロスは起きており、窓の外の景色を眺めている。俺も後ろから覗《のぞ》き込んでみるが、どうやら二体とも運河を行き来する商船に夢中になっていたようだ。

「どうやったらあんな鉄の塊《かたまり》が水に浮くんだ、シロン」

「浮力を生み出す魔鉱石を船底に仕込んでいると聞いたことがある」

「ほぉ……相変わらず人間っていうのは面白い発想をする生き物だなぁ」

「おーい、そろそろ飯にするぞ」

熱心なのはいいことだが、今日は午前中から予定が詰まっている。早いところ朝食を済ませて準備に取りかからないとな。

俺たちは持ってきた食材を使って朝飯を軽く済ませると、小屋の外へ出る。

ここは一人と二体が寝るだけで手いっぱいのスペースだからな。朝起きたら外へ出て、軽く体をほぐさないと。

「しかし、せっかくの王都で迎える朝だというのに……いつもと変わってねぇな」

「それでいいのだ。むやみやたらに変える必要はない」

ぼやくクロスにシロンがそう言う。

「シロンの言う通りだ」

贅沢ってヤツは一度体にしみつくとなかなか抜け出せない。以前、没落《ぼつらく》した貴族がギルドにやってきて冒険者になったのを見たが、どうにも庶民の食事や住環境に慣れなくて次第にノイローゼのようになっていったからな。

貴族並みの生活が約束されているわけじゃないが、「初心忘るべからず」って言葉もあるくらいだし、わざわざ生活水準を上げなくても満足いく生活はできる。

運河のほとりで体をほぐしていると、王都の象徴とも言える大きな時計塔《とう》が目に入った。

昨日は目の前の街並みばかりに目がいっていてあまり気にしていなかったが、かなり立派なものだ。

おかげで、時間がバッチリ分かるから助かる。

ただ、日中は三時間おきに鐘《かね》が鳴る仕組みとなっており、その音にビックリするのだが……これも慣れだな。そのうち気にならなくなるだろう。

冷たい運河の水で顔を洗っていると、そこへちょうどノエリーがやってきた。

「おはようございます、バーツ殿。お迎えにあがりました」

彼女の背後には、部下と思われる若い騎士が五人も立っていた。

別に疑っていたわけじゃないし、あの勲章の数から出世したっていうのは理解していたのだが、こうして部下を引き連れて訪ねてきた現実を目の当たりにすると、よりそれを実感する。

弟子の出世は、短期間とはいえ師匠をしていた俺からすると嬉しい限りだが……未だに三流の無名冒険者である自分の現状と照らし合わせると、なんだか複雑な心境にもなった。俺ももっと頑張らなくちゃな。

……というか、さっきのノエリーの発言にちょっと違和感が。

ただの聞き間違いかもしれないけど——ひょっとして、俺のことを「バーツ殿」と呼ばなかったか？

なんでまた急に他人行儀《たにんぎょうぎ》なんだ？

「なぁ、ノエリー」

「なんでしょうか？」

「昨日となんか雰囲気が違わないか？」

「っ⁉　そ、そんなことはありませんにょ！」

露骨に視線をそらしたノエリー。

なんか……「そこには触れないでください」ってオーラが全身から溢れている。最後の方は噛《か》んでいてよく聞こえなかったし。

昨日、再会した直後のノエリーは、俺の知っているノエリーだった。

元気いっぱい。

天真爛漫《てんしんらんまん》。

心身ともに立派な成長を果たしているが、その笑顔の愛くるしさは昔と何ひとつ変わっていなかった。

――が、目の前にいるノエリーはそんな昔の面影を一切見せていない。

あの凛《りん》とした立ち振る舞い……部下の前ということもあるのかな。無理をする必要はないと思うのだが、ここは黙っておいた方がよさそうだな。

空気を変えるためか、ノエリーは「コホン」とわざとらしく咳払いをし、「馬車を用意しておりますのでこちらへ」と言って俺を案内しようとした――その時。

「お待ちください、ノエリー様」

背後にいた部下の一人が声をかける。

まだかなり若いな……十七、八くらいか。

王都には騎士を育成するための養成所があるのだが、そこを出たばかりの若手って感じだな。

でも、その割には顔に自信が張りついている。恐らく、養成所ではトップクラスの成績だったのだろう。

それにあの起居振舞《たちいふるまい》……きっと家柄もいいのだろうな。貴族とはまでいかないが、騎士団幹部あたりか。

「どうかしたのですか、デリック」

「誇り高きセラノス王国の未来を守る新たな国防組織……その幹部候補ともなれば、相応の実力が求められます」

随分と堅苦しい言い回しをする青年だな。

おまけに発言内容が遠回りで何を言いたいのか、核心部分があやふや——いや、あえてそういう言い方をしているようだな。

これについては、ノエリーも同じことを思ったらしい。

「デリック、回りくどい言い方はやめなさい」

「では、単刀直入に申し上げます。――バーツ殿の実力をご教示いただきたい」

言い終えた直後、周りの騎士たちがざわつき始める。

このリアクションから、デリックという若者の意見は彼らの総意というわけではないことがうかがえた。

……なるほどね。

ノエリーの背後に控えていた五人の中で、デリックと呼ばれた彼だけは、明らかに他の者たちとは質の違う視線を俺に送っていたが……それが理由だったたか。

攻撃的と言ってしまえば少々大袈裟《おおげさ》だが、少なくとも俺にいい印象を持っていないことは確かだ。

恐らく、先ほどの言葉に嘘偽りは何ひとつないのだろう。

……まあ、彼の気持ちは分からなくもない。

セラノス王国といえば、この大陸じゃ人口的にも経済的にもトップクラスの大国。そんな国に新しく国防組織を設立するとなれば、その幹部は相当な実力者でないと示しがつかない。

だというのに、ノエリーが推薦したのは、いかにも貧乏人って身なりをした中年の男――つまり俺なわけだ。抗議のひとつもしたくなるだろうな。

彼の目は、十三年前に子どもたちを預けた際に世話を焼いてくれたラングトンにどことなく似ている。顔立ちも違うし、年齢的にも合わないので息子とかではないんだろうけど、根が真面目で曲がったことが大嫌いってあたりはそっくりだ。

――っと、暢気《のんき》に考え事をしている場合じゃなかったな。

「ノエリー、彼は？」

「名前はデリックと言って、騎士団でも期待のホープです。養成所を座学、実技どちらもトップの成績で卒業し、将来を期待されています。ちなみに、彼はテイマー候補生ですが、今日の五人の中では唯一、すでにパートナー魔獣が存在しているんです」

「随分と気合が入っているんだな」

「あと、現副騎士団長のご子息でもあります」

「おぅ……」

予感的中。

そりゃ凄い肩書だ。血筋からしてモノが違う。

おまけに副騎士団長ってことは、その人は間違いなく新組織の幹部になるだろう。

こんなくたびれたおっさんが自分の父親と同じく幹部入りをする――疑うには十分な理由になるな。

「腕利きのテイマーというお話でしたが……聞くところによると、あなたはパーティーにも所属しておらず、大した実績もない。連れている魔獣のレベルを見る限り、それが真実であるのか判断しかねます」

彼が疑念の目を向けるのは、俺だけではない。

そう。シロンとクロスだ。

俺を師匠と呼ぶノエリーがテイムしているのは、Sランクの鋼鉄魔人《アイアン・レイス》であるのに対し、こっちは下から数えて二番目となるDランクの白狼とリザードマンだ。

改めて見直すと疑われるポイントしかないな、俺。

それにしても……まだ若い彼が自分で俺の経歴を調べたとは思えない。もしかしたら、裏で糸を引いているヤツがいるのかもしれない。

ノエリーは「口を慎《つつし》みなさい」と肩を持ってくれるが、恐らくその手の言葉をどれだけ重ねても、デリックの俺に対する疑いは晴れないだろう。

だったら、ここは彼の提示してくれた条件を呑《の》むのが一番手っ取り早い。

「構わないよ、ノエリー」

「バ、バーツ殿⁉」

「彼がそれで納得するというなら、実戦形式の模擬試合をしようじゃないか」

俺の提案に対し、最初は難色を示していたノエリーだったが、「頼むよ」とひと押しするとあきらめたようにため息をつく。

「分かりました。師匠——いえ、バーツ殿の実力をみんなに知ってもらういい機会です」

「ありがとうございます。では……バーツ殿、お相手願いますでしょうか」

デリックはそう言って俺に頭を下げた。

この辺の礼儀作法はちゃんとしているんだな。

「分かった。じゃあ、早速始めようか」

「はい」

話はまとまった。

しかし、相手は大国セラノス期待のホープか。ノエリーの話では、このメンツの中で唯一パートナー魔獣と契約済みらしいが、今のところ姿を見せてはいないな。

基本的にテイマーは俺のように、複数の魔獣と契約している。魔獣同士の戦いとなった場合は相手との相性を考慮して、こちらもいろいろとプランを練るのだが……仕方がない。ここは器用さを買ってクロスにお願いするか。

「……クロス」

「へい」

「ここはおまえに任せるぞ」

「了解！　軽く蹴散《けち》らしてやるっすよ！」

自信たっぷりだな、おい。

盛大なフラグにならなければいいが。

クロスが戦闘に備えてストレッチを始めた頃から、だんだんと野次馬も増えてきた。

王都の中でもこの辺りのエリアはテイマーがそれほど多くはないらしいので、魔獣同士の戦いが珍しいのだろうな。こうなるとちょっとした娯楽《ごらく》みたいな雰囲気になってくる。

「おい、どっちの魔獣が勝つと思う？」

「んなの、決まってるだろ」

「あっちのおっさんがテイムしている魔獣はどちらもＤランクだ」

「なぜか人間の言葉をペラペラ喋っているようだが、どうせ言語魔法の類《たぐい》だろう。実力に関係はないさ」

「かたや、もう一方はセラノス王国騎士団期待の若手らしい」

「ああ、副騎士団長のせがれだろ？」

「なんだよ。最初から結果は見えているじゃねぇか。これじゃあ賭《か》けは成立しねぇな」

ついには俺たちの勝負で賭けをやろうって輩《やから》まで出てくる始末。

……勘弁してくれ。

次第に野次馬たちの関心はデリックのパートナー魔獣へと移った。

「だが、あっちの若いのは魔獣を連れていないじゃないか」

「確かに……もしかして、魔獣のランクは大差ないのかも」

「どうだろうなぁ。上司であるノエリー様はSランクってとんでもねぇ魔獣を連れているから分からんぞ」

その点は俺も気になっていた。

俺の実力を知りたいと言い出した、デリックという若手騎士。

だが、肝心の魔獣の姿が未だにどこにも見えなかった。

「デリック、君の魔獣は？」

「今呼びますよ」

そう言うと、デリックは指笛《ゆびぶえ》を吹く。

それから少し経つと、突風が吹き荒れた。

「な、何だ⁉」

「一体何が起きているんだ⁉」

混乱するギャラリー。

その風を引き起こしたのは、デリックがテイムしたパートナー魔獣であった。

そいつは大きな翼を広げながら彼のそばへと舞い降りる。

「グリフォンか……」

現れたのは鷲《わし》の翼と上半身にライオンの下半身を持つ魔獣・グリフォンだった。

ランクはAだったな。

クロスのDランクと比較したら、かなり格上の相手だ。

……正直、驚いた。

あの若さでAランクのグリフォンをテイムできるとは……それほど変わらない年齢でSランクをテイムしているノエリーの前では霞《かす》んでしまうが、あれも相当異例なことだ。

さすがは期待のホープと呼ばれるだけはある。七光りのお坊《ぼっ》ちゃんじゃないんだな。

感心する俺に、シロンが尋ねてくる。

「ヤツは強いのか、主よ」

「Aランクだからなぁ。おまえたちよりずっと格上だよ」

「随分と強そうな相手じゃないか。どうする？　変わろうか、クロス」

「余計なお世話だ、シロン。黙ってお座りしながら見ていやがれ」

シロンに煽《あお》られつつ送り出されたクロス。

ランクに差はあるが、臆《おく》した様子は微塵もない。

「そちらの喋るリザードマンでよろしいのですね？」

「構わないよ」

わざわざ確認するところを見ると、俺が他に隠し玉を用意しているのではと警戒をしているようだな。

まあ、それでなければ勝負を受けないだろうと踏んでいたかもしれない。

その期待を裏切ってしまって申し訳ないが……現状、俺が契約している魔獣はこの二体しかいないからな。

というかそもそも、ノエリーが子どもの頃に連れていた魔獣はもっとランクが低かったのだから、俺の基準でいえばシロンやクロスも十分高ランクなんだけどね。

「それでは——準備はいいですか？」

審判役を務めるノエリーが尋ねる。

「いつでも」

「こちらも問題ない」

「それでは——はじめっ！」

「キーッ！」

戦闘が始まって早々に、相手のグリフォンは雄叫《おたけ》びをあげると、翼を大きく広げて空へと舞い上がった。デリックが何も言葉を発していないところを見ると、どうやら事前に打ち合わせをしていたようだ。

いかに自分の魔獣が有利に戦えるのかというのは、テイマー同士の戦いにおける優劣を大きく左右する。彼の頭上を取るという戦法は理にかなっていると言えた。

それはそうと、言語魔法を習得していないのか、あのグリフォンは人間の言葉を話さない。それに彼はグリフォンを最初に種族名で呼んでいた……ということは、名前をつけていないのか。

この辺は個人の好き嫌いがあるから強制する必要はないけど、話し合えた方がお互いに意思疎通《いしそつう》が滑らかとなるからオススメだ。

——なんて、余計なことを考えている暇《ひま》はなかったな。

空に逃げられたら、こっちとしてはお手上げだ。

「やはり上空から攻めるみたいだな……」

「定石《じょうせき》だろう」

「こりゃリザードマンの方に勝ち目はないだろ」

「あぁ……頭上を取られたら、圧倒的に不利だもんなぁ」

ギャラリーは気楽なもので、好き勝手言ってくれる。

とはいえ、あながち的外れな指摘ではない。

グリフォンの戦い方は養成所の教本に書かれている通りだろう。

デリックはリザードマンのクロスと自身のグリフォンの戦い方を構築する際、相手にはない己《おのれ》の利点を生かそうと考え、その結果、頭上を支配できると分析《ぶんせき》して迷わずその選択をしてきた。いい判断だ。

それだけじゃない。

まだ少ししか見ていないが、あのグリフォンはよく鍛えられている。

強い魔獣をテイムした者は、得てしてそれに満足してしまい、さらなる強さを追い求めようとはしなくなる。人間でたとえるなら、素質だけで勝負しようとしているってところかな。

けど、才能でやれることには限界がある。

そこを乗り越えるためには、鍛錬《たんれん》が欠かせないのだ。

その点、あのグリフォンは主との信頼関係もしっかりあるようで、デリックの指示に対して忠実に動いている。その動きには一切の迷いが見られないことから、普段の鍛錬を通して何度もこうした攻撃パターンをシミュレートしているのだろう。素晴らしい限りだ。

「そろそろ攻撃させてもらいますよ。――いけっ！」

わざわざ宣言してから合図を出すとは……余裕がうかがえるな。

クロスの頭上目がけて急降下してくるグリフォン。その速度はかなりのもので、直撃を受けたら一発で戦闘不能に追い込まれる可能性もある。

まさに一撃必殺。

これに対し、クロスは未だに回避《かいひ》行動を見せない。

逃げ回るようなマネはせず、その場にとどまっていた。

この手のタイプは、今までに何度も戦ってきた。

採集クエストをメインにこなしてきた俺たちだが、時にはどうしても戦闘が避けられないという状況もある。あのグリフォンに匹敵するようなスピードを持った魔獣とも戦った経験だって、何度もあるのだ。

グリフォンの動きを追えていない――と、デリックは判断したのだろうが、あれくらいなら十分対応できる。あとはどうやってこちらから攻撃をするか、だな。

一方、こちらが動かないことで、それまで引き締まっていたデリックの口角がわずかに上がる。

デリックが勝ちを確信したであろう瞬間だ。

「……そう判断するには少し早いな」

「えっ？　――あっ⁉」

俺の声に気づいたデリックの視線が一瞬こちらへと向く。

その間に、グリフォンとクロスの間で驚きの現象が起きていた。

――クロスは無傷だったのだ。

仕留めそこなったグリフォンは急上昇し、上空で次の指示を待っている。

「バ、バカな⁉　かわしたっていうのか⁉」

「そうだ。……まあ、それくらいはやってくれないとな」

「あんなの楽勝っすよ！」

余裕を見せるクロス。

あのお調子者な性格さえ治ればなぁ。

ともかく、グリフォンの一撃を回避したことで流れは変わった。

それに、クロスには俺が教え込んだ「とっておき」もある。

さて、ここから反撃開始といこうか。

「グリフォン！　落ち着いてもう一度攻撃だ！」

立て直しを図るデリックだが、急降下による攻撃だけでは芸がないな。

「次はこっちの番だぜ！」

威勢よく言い放ったクロスは、その勢いのままグリフォンへと突っ込んでいく。

「おっ！　今度はリザードマンが仕掛けるぞ！」

「は、速い⁉」

「なんてスピードだ⁉」

リザードマンであるクロスに飛び道具はない。あるのはその高い身体能力から繰り出される打撃技の数々のみだ。

しかしクロスは、その打撃技に磨きをかけてきた。

スピードとパワーを生かすためには、それがもっとも有効的だろう。

――だが、こうした情報は、デリックも織り込み済みだったようだ。

「冷静に対処するぞ！　ヤツに空を飛ぶおまえを攻撃する手段はないんだ！」

デリックの叫びを耳にしたグリフォンは一旦《いったん》攻撃をやめて上昇。落ち着くための時間を稼ごうとしているらしい。

「あっ！　こら！　下りてきやがれ！」

攻撃が届かない距離まで逃げられたら、クロスに反撃の目はない。これだけでも相手にはかなり有利な状況だ。

「ダメだ。スピードやパワーがあっても、当たらなくちゃ意味ねぇぜ」

「こりゃ勝敗は見えたかな」

「ていうか、あのリザードマン……普通に人間の言葉でしゃべってないか？」

野次馬たちは相変わらず好き勝手に言ってくれる。

ただ、そう分析されてもおかしくはない。

実際に俺もそう思っているわけだし。

……あくまでも、クロスが「普通のリザードマン」なら、な。

「クロス」

戦闘が始まってから、俺は初めてクロスへと声をかけた。向こうも予想していなかった俺の行動に驚き、勢いよく振り返った。

「な、なんすか、旦那」

「アレを使ってみるんだ」

「っ！　いいんすか⁉」

「そのままの状態では勝ち目がないだろう？」

「ぐっ……」

クロスの性格を考慮したら、「そんなことないっすよ！」と強気に出たいところだろう。

しかし、このままではどうにもならないというのは戦っている本人が一番理解しているはずだ。

「ここから逆転するには、やっぱそれしかなさそうっすね」

クロスは反撃のため静かに目を閉じると意識を集中。

この一見すると隙《すき》だらけの行為は、確実に攻撃を当てるために敵を引きつけるという意味があった。

そうとは知らないデリックは、これを絶好の機会と捉え、隙だらけになったクロスへトドメを刺すようグリフォンに命じる。

グリフォンは主人の言うことを聞き、クロス目がけて急降下をしてくるが……グリフォンの攻撃は今回も当たらなかった。

「なんだと⁉」

一度ならず二度までも攻撃をかわされ、驚愕《きょうがく》するデリック。

さっきよりも速度は増しているが、スピードタイプの魔獣だけでなく、日々の鍛錬もスピード自慢のシロンを相手にしているため、動きを見切ることに関しては得意だった。

「悪いな！　逃げ足には自信があるんだよ！」

「だ、だが、逃げ回っているだけではどうにもならないぞ！」

「その通りだな。——だから、ここからは反撃させてもらう！」

ノリノリのクロスだが、デリックの言うようにこのままではグリフォンへダメージを与えることはできない。それはこの場にいる全員が理解している——いや、俺とシロン、そしてクロス自身はこの先の展開が読めていた。

「くらいな！」

クロスは頭上を旋回するグリフォンに向かって叫ぶ。

直後――クロスの手から赤色の球体が放たれた。

「っ⁉」

突然襲ってきた謎の攻撃に、グリフォンは直撃を許す。

戦闘不能とまではいかなかったが、ダメージは決して軽くはなく、地上へと舞い降りてぐったりと倒れた。

「な、何をしたっていうんだ……」

茫然《ぼうぜん》としているデリック。

声を失ってしまったノエリーや他の候補生、さらに野次馬たち。

無理もない。まさか、リザードマンであるクロスがあんな攻撃をしてくるとは思いもしなかっただろう。

「うおっしゃあ！　俺の勝ちぃ！」

「浮かれるんじゃない。おまえが魔法を使うと分かれば、次も同じ結果になるとは言えないのだぞ？」

「うるせぇ！　勝ちは勝ちだ！」

ガッツポーズを見せるクロス。

それに対し、冷静なツッコミを入れるシロン。

やれやれ……まあ、実戦だったらあそこまで浮かれることはないからいいだろう。あいつとしても、自分よりランクが高い相手に勝利できたことは自信につながるはずだし。

一方、ギャラリーは騒然としていた。

原因は間違いなく、クロスの放ったあの攻撃だろう。

「今の攻撃……まさか、魔法なのか⁉」

お？

どうやらデリックは気づいたらしいな。

彼の言った通り、クロスが放ったのは初級の炎魔法だ。

魔法自体は別に高威力というわけではないが、「魔獣が魔法を使った」という事実は相当衝撃だったようだ。

「ま、魔法だって⁉」

「バカな⁉　魔獣が魔法を使うなんて聞いたことがないぞ⁉」

「だ、だが、間違いなくあれは魔法だった……」

「どうなっているんだ⁉」

ノエリーが連れてきた部下たちも、クロスが魔法を放ったことが信じられないようでパニック状態となっている。

まあ、確かに……魔獣に魔法を覚えさせようなんて酔狂な行いを実際にやっているのは俺くらいだろう。

これもすべては俺に魔法を教えてくれた師匠の影響――あの人が長年にわたって研究していたテーマが「人外に魔法を使わせる」ってものだったからな。俺はその方法をちょっと流用させてもらっただけにすぎない。

それでも、誰でも簡単にってわけにはいかないので、珍しいといえば珍しいかもな。

ともかく、これで形勢は逆転した。

まさかグリフォンも、クロスが魔法を放ってくるとは想定していなかったようだ。初級魔法とはいえ、直撃だったからダメージも大きいだろう。

「ここまでにしよう。これ以上の戦闘続行は危険だ」

「バカな……Aランクのグリフォンが Dランクのリザードマンに敗れるなんて……」

デリックはまだ信じられない様子だった。

確かに、魔獣のランクには大きな差がある。

けど、テイマーとしての戦いはそれだけで決まるわけじゃないんだよな。

「ランクというのは人間が勝手に定めた指標にすぎない。魔獣たちにはそれを超えられる可能性があるんだ」

「ラ、ランクを超えた強さ……」

養成所ってところは数字至上主義だからな。

テストや実技の点数がどれだけ優れていたとしても、実際に外へ出て体感しなければ見えてこないものもある。

彼の戦い方は教本に忠実で……お行儀《ぎょうぎ》がよすぎた。

身体能力の高さが売りであるリザードマンは、距離を取って得意の格闘戦を封じておけば倒せる――これが一般的な考えだろう。

だが、実戦では何が起きるか分からない。

相手がどのような手段に打って出るのか……さまざまな可能性を考慮しつつ、周りをよく見る目が試される。彼はそのあたりの経験がまだ浅いようだ。

「魔獣に魔法を教えるなんて……そんなの聞いたことがない……どの教本にも載《の》っていなかった……」

「テイマーとして大成したいなら、凝《こ》り固まった知識に惑《まど》わされないことだ。戦い方次第でいくらでもひっくり返せるんだ。魔獣に魔法を教えるのもその戦い方のひとつだよ。世の中、そうそう教本通りにはいかないさ」

負けはしたが、彼の実力は確かなものだ。

Aランクのグリフォンをテイムし、連携もなかなかよかった。

勝敗を分けたのは、やはり「経験」だろうか。

ここから彼が真剣にテイマーとしての基礎を学び、成長していけば、俺みたいな三流はあっという間に抜かれちまうな。

しばらく項垂《うなだ》れていたデリックだが、ようやく立ち上がるとすぐに頭を下げた。

「バーツ殿……数々の無礼な振る舞い、申し訳ありません」

腰をほぼ直角に折り曲げ、深々と頭を下げる。

「俺は早速、あなたに教えられたようですね」

「さっきの戦いで何かを学んでくれたというなら、それで十分だよ」

デリックからの謝罪を受け取った直後、野次馬たちから歓声があがった。

「いい勝負だったぞ！」

「これから頑張れよ！」

普段なかなか見られないテイマー同士の戦いを目の当たりにした人々は、これから彼らのような若者たちが国を守るために成長してくれることを期待して激励《げきれい》する。

これにはデリックだけでなく、他のテイマー志望の騎士たちも思うことがあったのか、神妙な面持ちになって、こちらに向かって全員で頭を下げていた。

これ以上は何もないと説明し、周りから人がいなくなった頃に、改めて集まった若者たちへ自己紹介をする。

ノエリー曰《いわ》く、全員が養成所で好成績を収めた優等生らしい。

それ自体、とてもよいことではあるのだが、そんな優秀な子たちを預けられるって……ノエリーへの信頼感が凄いな。

まあ実際、みんな素直でいい子たちばかりだった。

優等生ではあるが、驕《おご》っている感じはしない。

誠実さと向上心を合わせ持つ素晴らしい人材だ。

……そういえば、教会でノエリーたちにいろいろと教えようと思った時も、同じようなことを最初に思ったっけ。

他のみんなも、王都にいるというなら、ぜひ会ってみたいものだ。

その後、候補生たちからは早速テイマーとしての心得について教えを請《こ》われた。

しかし、残念ながら今日はあくまでも顔見せのみ。

それが終わった後はノエリーと王都内を散策することになっており、彼らは彼らで合同演習に出なければならないため、ここで別行動を取るという。

「それでは、また後日」

「ああ。合同演習、頑張れよ」

「はい！」

候補生たちを見送ると、俺とノエリー、それからクロスとシロンは、城のすぐ近くにある騎士団の詰め所を目指して歩き出した。

ノエリーの話では、俺に会いたがっている人物がいるという。

最初はミネット以外の元弟子の誰かなのかって予想していたのだが……どうも違うようだ。

「騎士団長がぜひとも師匠に会いたいと」

「き、騎士団長!?」

いきなりの大物登場に動揺《どうよう》してしまった。

その騎士団長も随分と酔狂な人物だな。ノエリーの話では、幹部候補として俺の名前が挙がった際、「面白い試みだ」と後押ししたらしい。

有望株であるノエリーが推薦したとはいえ、まったく無名の冒険者である俺に国家の重要ポストを与えようというのだから、思い切りがいいというかなんというか。

一瞬、誰か知り合いなのだろうかと思ったが、そもそもセラノスの騎士団に知り合いなんていないしなぁ。

でも、よく考えたら、得体の知れない男だからこそ、騎士団長は直々に会いたいと思ったのかもしれない。

ノエリーが「自分を王都の施設に預けた冒険者」くらいは伝えていたのかもしれないが、彼女自身、俺についての情報はそれくらいしか知らなかったはず。

そう思えば、当然の判断と言えなくもないか。

話しながら歩き、王都の中央通りにあるノエリーが通っている食堂でお昼を済ませてから、再び歩き出しておよそ数分。

運河を渡るための大きな橋を越えた先にあるレンガ造りの建物——あれが、騎士団の詰め所か。

ノエリーたちを預けた時には、こちらの方まで足を運ばなかったから新鮮な光景だ。それと同時に、改めて王都の広大さに驚かされもしたが。

「さあ、こちらです」

当たり前の話だが、騎士であるノエリーは平然としている。

しかし、こういった場所に慣れていない俺は緊張のあまり顔が引きつっていた。

内部の様子を眺めながら二階へと進み、東側にある角部屋まで来るとノエリーの足が止まった。

「こちらが騎士団長の執務室になります」

「お、おう」

背筋を伸ばしてノックをすると、ドアの向こうから野太い声で「入れ」と返事が来た。

これに対し、ノエリーは「失礼します！」と言って室内へと入っていき、俺もそれについていく形で室内へ。

そこは広い部屋だった。

しかし、派手な調度品などは一切なく、どちらかというと質素な部類に入る。

騎士団長の執務室というくらいだから、もっと煌びやかな内装をイメージしていたのでちょっとビックリしている。

だが、もっと驚愕する事態が俺を待っていた。

「やあ、久しぶりだね」

執務机の前に立つ男性の年齢は、俺とそれほど変わらない。

まあ、ただのおっさんである俺とは違い、立派な顎髭《あごひげ》をたくわえた上品なおじさまって感じではあるが。

彼が千人を超えるセラノス騎士団の頂点に立つ者……なるほど。それに相応《ふさわ》しいオーラをまとっており、思わずたじろいでしまった。

——でも、この人は今「久しぶり」って言ったよな。

過去にどっかで会っている感じがする。

しかし、騎士団長にまで上り詰めるほどの人物と接点なんかないぞ？

困惑している俺の様子を見た騎士団長は、苦笑を浮かべる。

「どうやら、私のことを覚えていないようだな」

「えっ？　あっ、えっと……」

「これを見ても、まだ思い出せないか？」

そう言って、騎士団長が取り出したのは――かなり年季の入った布製の袋。

うん？

なんだか見覚えがあるぞ。

「君が俺に託《たく》してくれたものだぞ？」

「託す……」

騎士団長の言葉が引き金となり、頭の中で何かが弾けた。

ちょっと待てよ。

あれって、俺がセラノスの施設に子どもたちを預けた際、金を入れていた袋じゃないか？

でも、どうしてあの袋を騎士団長が持っているんだ？

確か、施設を紹介してくれたラングトンという若い騎士に預けて――

「あっ！」

「思い出してくれたようだね」

こちらの反応に対してニコッと微笑む騎士団長。

「改めて自己紹介をさせてもらう。――騎士団長のラングトンだ」

「ラ、ラングトン……本当にラングトンなのか……？」

「十三年ぶりだな。また会えて嬉しいよ」

俺を待っていたのは、ノエリーたちの世話を託したラングトンだった。

あの頃の彼は、まだ騎士団に入って間もない新入り――だが、曲がったことが大嫌いという筋金入りの正義漢であった。

成長したノエリーやミネットと再会した際には、約束を果たしてくれた彼に内心で感謝していたんだ。

それにしても……まさか本当に騎士団長となっていたとは驚きだ。

おまけに、俺とそれほど年が変わらないわけだから、かなり若くして出世したんだな。

ラングドンは俺の後ろを見て、首を傾《かし》げる。

「それにしても、あの頃とは連れている魔獣が違うんだな」

「あ、あぁ、いろいろあって」

そういえば、初めて会うんだったな。シロンとクロスはラングトンを警戒しているようだったが、俺の態度から古い知り合いだと分かると、すぐに警戒心を解いた。こういうところはメリハリあるよなぁ。

「ノエリーから君を推薦すると言われた時、私は真っ先に賛成したんだ。自分のことよりも子どもたちの将来を案じる優しさを持つ男だからね……あの頃の目つきと何も変わっていないようで安心した」

「ど、どうだろうな——じゃなくて、どうでしょうか……」

「はっはっはっ！　気を遣わなくてもいいぞ。昔はずっとタメ口だったじゃないか」

ラングトン騎士団長はそう言ってくれるが……いやいやいや、それは無理だろう。

あの頃はまだ新入りだったからあんな口調で喋れたけど、今じゃ立場が違いすぎる。なんたって大国セラノスの騎士団トップだからな。

本来なら、俺みたいな三流テイマーが気軽に口を利《き》いてよい人物ではないのだ。

「し、しかし、今はもうあの頃と立場が違うというか……雲の上の存在になってしまったというか……」

「何も変わってやしないさ。私はあの頃と変わらない信念で動いている。だからこそ、ノエリーの提案に賛成したのだ」

変わらない信念という言葉に、俺はホッとする。

それに、ラングトンは俺を見て「変わっていないようで安心した」と言ったが、それは俺からしても同じだった。彼に全財産を託した時、この人なら信用できると思った――あの時の感覚とまったく変わらない。むしろ、あの頃よりたくましくなっている。

「まあ、例の幹部について、最終的な決定権は国王陛下が持っているので、君がそのまま組織に入れるかどうかは分からないが……しばらくは王都にとどまるのだろう？」

「そのつもりでは――いる」

ラングトン騎士団長――いや、ラングドンからの視線に気づいて、俺は急遽《きゅうきょ》敬語をやめる。

久しぶりに会った知人がここまで大出世していると、なんだか話すのも窮屈《きゅうくつ》だ。

とはいえ、ラングトンの言う通り、そこまで気を遣う必要もないのだろうけど。

本人も了承しているようだし、せめて周りに俺たちの関係性を知っている者がいるのならば、以前のような態度で接してもいいかな。

「それで、今日はどうして俺を呼んだんだ？」

「うん？」

「いや、『うん？』じゃなくて、わざわざ顔を見たいがためにノエリーを案内役に指名したわけじゃないだろう？」

それに、他のテイマー志願者との顔合わせというのも恐らくついで。ここから話すことが本題なのだろう。

ちなみに、ラングトンは俺が敬語をやめてタメ口を使い出した途端、めちゃくちゃ笑顔になっていた。こいつ……こんな性格だったかな？

「さすがにこちらの狙《ねら》いは筒《つつ》抜《ぬ》けか」

「昔から嘘は得意じゃなかったろう？」

「返す言葉もないな」

誠実という言葉がそのまま人間になったようなタイプだからな。

「では本題に入るが――君にはある場所へ向かってもらいたい」

「ある場所？」

「これは冒険者である君に、我がセラノス王国が正式に依頼する事案だ。何が言いたいのかというと――報酬が出る」

「っ！」

報酬という言葉に、一瞬つられそうになってしまった。

あくまでも内容次第だが……相手がラングトンであるなら断る理由はないな。

で、その肝心の依頼内容なのだが――

「君のテイマーとしての腕を見込んで、仕事を頼みたい」

テイマーとしての仕事、か。

ダンジョン調査とかって類《たぐい》じゃなさそうだが、もしそうだとするなら、ひとつ確認をしておかなければならないことがある。

「騎士団長殿から直々に依頼をもらえるのは嬉しいが……あいにく、俺はDランク以上の魔獣をテイムした経験がない。つまり、それが俺のテイマーとしてのランクでもある」

強力な力を秘めた魔獣をテイムし、使役するためにはテイマー自身の実力が求められる。

つまり、テイマーが弱いと強い魔獣は従ってくれないし、そもそも、テイムすること自体ができないのだ。

もし、ラングトンが俺にDランク以上の魔獣をテイムしろと依頼をするなら、それについては「NO」の返事をしなければならないだろう。

「ああ。テイマーの仕組みについては私も勉強した。今回、君にやってもらいたいのは――テイマー志願者に、テイムの瞬間を見せてほしいのだ」

「えっ？　……あぁ！」

なるほど。

幹部候補としての依頼ではなく、指南役の仕事として、彼らに現場を実際に見せて勉強させようというわけか。

「それなら問題ない」

俺はラングトンにそう答える。

初心者なら、最初は最低ランクであるEランク魔獣を相棒にするのがいいだろう。それなら俺でもテイムできるし、一連の動きを教えるにも適している。

――ただ、ノエリーは少し複雑そうな表情をしている。

「何か言いたげだな、ノエリー」

ラングトンが尋ねると、彼女は静かに告げた。

「昼間のデリックとの戦いを見ていて感じたのですが……師匠の連れているシロンとクロスはそれぞれDランクではあるものの、クロスの実力はAランクのグリフォンを終始圧倒するものでした」

「ほぉ、それは実に興味深い話だ」

おいおい……なんだかラングトンが興味を持ち始めたぞ。

確かに、クロスはグリフォンを圧倒していたが、最大の勝因は対戦相手のデリックが経験不足だったことだ。

ベテランのテイマーともなれば、あのような非常事態でも冷静に対処してくるだろう。

あまり過大評価をされると不安になるのだが、ノエリーの話はまだ終わらない。

「魔獣のランクが低くても、彼らを立派に育ててあげればAランクの魔獣にも勝てる――これは今までに考慮されてこなかった事象です」

「魔獣を育てる、か……確かに、新しい観点かもしれんな」

「そ、そうなのか？」

テイマー業界では割と知られた話ではあるんだけどな。

今回のように、低ランクの魔獣が高ランクの魔獣を倒すというケースは何度か見てきた。

この辺は、テイマーとしての経験者がいない騎士団ならではの見解か。

「魔獣を育てて強化していくという考えは、割と一般的だよ」

「では、魔獣を強くするにはどうすればいい？」

「鍛錬あるのみ。人間と同じさ。ここにいるシロンとクロスも、厳しい特訓をやり遂げて強くなってきたんだ」

俺がそう告げると、ラングトンは感心したように「うんうん」と頷く。

「実に素晴らしい。その鍛錬の仕方をみんなに教えてもらえないだろうか？」

「俺のやり方でよければ」

「もちろんそれで構わない」

大袈裟に「俺のやり方」なんて言っちゃったけど、魔獣との接し方や強化の仕方っていうのはテイマーごとに違っていて、そこに決められた方式などは存在していない。騎士団や魔法兵団のように、養成所で教本を読みながら基礎や基本を学ぶってスタイルとは違う。

すなわち、王国がこれまでやってこなかった方法で教えることになるのだ。

それがトラブルのきっかけにならなければいいのだけど……

お偉いさんたちっていうのは、伝統とか格式って言葉が大好きで、新参者には厳しい傾向がある。

俺のようなやり方をラングトンのようにみんなも許容してくれるとは思えなかった。

「これからぜひ、若い世代に君のやり方を伝えていってくれ」

「お願いします、師匠」

それでも、ラングトンやノエリーは俺のやり方を支持してくれる。

高まり始めていた不安は消え去り、俺は――

「……分かった。引き受けさせてもらうよ」

改めてラングトンからの依頼を受けることにした。

どこまでやれるかは分からないが……せっかくノエリーが苦労して俺を捜し出し、ラングトンが信頼してくれ、その結果、こうして新しい道を示してくれたのだ。二人の期待に応えるためにも、頑張るしかないな。

話がまとまったところで、部下の騎士が会議の時間だとラングトンを呼びに来た。

さすがは騎士団長。

予定は分刻みで詰め込まれているらしい。

そんな多忙の中で俺に会う時間を割いてくれたのか。

「忙しなくて申し訳ないな」

「いや、わざわざ時間を作ってくれてありがとう」

「今度またゆっくりと話そう」

「ああ、ぜひ」

最後に握手を交わしてから、俺たちは一緒に部屋を出て、それぞれの目指す場所へと別れていった。


ラングトンとの再会を終えて外に出ると、すでに辺りは暗くなりつつあった。

「もうこんな時間か」

もし余裕があったら、デリックたちが参加している合同演習を視察しに行きたかったのだけど、ノエリーの話ではさすがにもう終わっているだろうとのこと。

ただ、合同演習は三日間にわたってやるらしいので、視察は明日でもいいか。

「みんな、師匠が見に来たと知ったら驚きますよ」

「どうだろうなぁ。――って、そういえば、今日アインはどうしたんだ？」

「あの子は合同演習の方に参加していますよ。もう慣れっこだから、私がいなくてもちゃんとやれます」

「ほぉ……それは凄いな」

テイマーのもとを離れつつ、しっかりやれるとは……きちんとした関係が築かれている何よりの証《あかし》だ。

何気ない話題で盛り上がりつつ、中央通りと騎士団の詰め所をつなぐ橋を渡りきった時だった。

「あら、バーツ先生。奇遇《きぐう》ですわね」

そう声をかけてきたのは、昨日も会ったミネットであった。

さらに、今回はミネットだけじゃない。

彼女のすぐ横には——樹木に手足が生えたような魔獣がいた。

「ミ、ミネット、その魔獣は？」

「あぁ、この子と会うのは初めてでしたわね。わたくしのパートナー魔獣である植物人形《プラント・ゴーレム》のグリンですわ」

「植物人形《プラント・ゴーレム》……だと？」

おいおい、マジかよ。

植物人形《プラント・ゴーレム》といえば、ノエリーの相棒である鋼鉄魔人《アイアン・レイス》と肩を並べるSランク魔獣じゃないか。

商人としてだけではなく、テイマーとしても一流とは。

改めて考えても……未だに信じられない。

現騎士団長であるラングトンとの再会を通じ、ようやくノエリーが聖騎士であるという事実を受け止めたところだというのに、ミネットまでも大物に成長していようとは。

……いや、この二人だけじゃない。

十三年前——俺が教会でさまざまなことを教えていた子どもたちは全員で八人いる。

以前、ノエリーはこんなことを言っていた。

『私よりもずっとずっと偉い立場になっています』

聖騎士というのもかなり限られた存在だが、商人であるミネットと比べた際、一概《いちがい》にどちらが上と判断するのは難しいだろう。だって、どちらも国家の繁栄《はんえい》に大きく貢献《こうけん》しているのだから。

となると、みんな同じかそれ以上の地位にいるということだ。

なんてことを考えていると、ノエリーが冷たくミネットに言う。

「ミネット？　あなたはお仕事が忙しいでしょうから、このあたりでお引き取り願えますか？　私はこれから師匠とディナーに行く約束をしていますので」

ノエリーとそんな約束はしていないし、わざわざ「ディナー」という単語を強調して言ったな。

しかし、ミネットはまったく動じない。

「でしたら、わたくしがプロデュースするお店に行きましょう」

「いえ、もう家に帰ってお休みになられては？」

「何をおっしゃいますの。わたくしにとってバーツ先生は命の恩人も同然。そのような素晴らしい方と十三年ぶりに再会したとあれば、時間を割いてじっくりお話をしたいと思うのは至極《しごく》当然というもの」

「屁理屈《へりくつ》を……」

「あなたに独占はさせませんわよ？」

両者の間でバチバチと飛び散る火花。

……いいライバル関係ってことなのかな？

この状況に、クロスとシロンが何やらコソコソと秘密談義をしていた。

「なぁ……どっちが旦那の嫁に相応しいと思う？」

「慌てるな。まだ弟子の中に女性は四人いるというじゃないか。慌てる必要はないのだ。——お主もそう思うだろう？」

「キーッ！」

こっちはこっちでいつの間にか植物人形《プラント・ゴーレム》と親しくなっている。

——というか、教え子を嫁にはしないぞ？

第三章　またしても再会

翌朝。

俺はシロンとクロスの二体を連れ、朝市で賑わう王都の中央通りを歩いていく。

合同演習は王都の外にある専用の演習場で行われるとのことだったので、そこを目指しているのだが……さっきからすれ違う人々の視線が注がれており、どうにも落ち着かない。

原因は、一緒に歩いている二人の美人――ノエリーとミネットにあった。

女性としては史上最年少での聖騎士となった（と昨日の夕食の時に判明した）ノエリーは、その明るさと優しさで王都の人々に慕われていた。

一方、ミネットはミネットで町の者たちから尊敬をされている。

王国が経済的に大きく発展を遂げることができたのも、商会を取りまとめた彼女の功績が非常に大きい。みんな、それを分かっているからこそ羨望《せんぼう》の眼差しを向けるのだ。

二人の活躍は、努力の賜物であると同時に、ラングドンが十三年前に交わした俺との約束を守ってくれたおかげでもある。あの時に俺が渡した全財産を、ちゃんとノエリーたちの教育費に当ててくれたから、彼女たちも成長できたのだ。

ともかく、そんな二人を連れて歩いているわけだが……通行人たちは彼女たちを見た後に俺に目を向け、揃《そろ》って首をカクンと捻《ひね》っていた。

口にこそしていないが、「ノエリー様とミネット様に挟まれているあの冴《さ》えない中年男は誰なんだ？」と表情が語っている。

……いや、俺だって未だに信じられないんだよな。

まさかこんなに出世するなんて思ってもみなかったし。

おまけに、まだ顔を合わせていない六人も二人に負けないくらい出世してるんだよな。

昨日の夕食の時には忘れてたし、試しにちょっと聞いてみようか。

「なあ、ミネット」

「なんですの？」

「まだ俺が会っていない他の六人って……具体的に何をやっているんだ？」

「それは——秘密ですわ」

「へっ？」

まさかの返答に、思わず間の抜けた声が漏れた。

「そ、それってどういう――」

「他の六人も、わたくしやノエリーさんのように先生へ深い恩を感じております。その恩に報いるため、みんな努力をして今の地位に就いているのです」

そんな風に思ってくれていたのか……あの時、有り金全部ラングトンに預けていったのは正解だったな。

「と、いうわけで、他の六人がどう成長したかは、先生の目で直接確認をしてください。きっとみんなそれを望んでいますわ」

「それについては私も同感です――が、みんなあちこちに出かけているので、会える機会は限られるかもしれません」

「ですが、基本的に王都を中心にして仕事をしていますので、そのうちきっと会えるはずですわ。あまりにも間があけば、きっと無理やりにでも予定を調整して会いに来るでしょうし」

「なるほどな……」

出会ってからのお楽しみってわけか。

顔と名前は憶えているから、会えば分かるはずだ。

成長していても、当時の面影は残っているだろうし。

……ノエリーは分からなかったけど、あれは昔の弟子が訪ねてくるなんてまったくもって予想していなかったから、選択肢に入っていなかったという事情がある。事前に知っていれば、きっと分かるはずだ。

「きっと驚きますわよ」

「そうだよねぇ」

二人は顔を見合わせて笑う。

あの感じ……教会で暮らしていた頃、何かイタズラを考えて実行しようとする直前によく見せていたな。昔からこういう時だけ息が合うんだ。

ともかく、俺は他の弟子たちとの再会を楽しみにしつつ、合同演習場を目指す。

王都と外をつなぐ北門から出たら、十分もしないうちに目的地に到着できると、ノエリーが教えてくれた。

こちら側は演習場があるということもあってか、あまり草木が生えておらず、ちょっとした荒野のようになっている。

これまでとはまた違った雰囲気が漂っているなと思いながら辺りを見回していると、遠くから「ドォン！」と大地を揺らすほどの轟音《ごうおん》が聞こえてきた。

「な、なんだ!?」

「演習場の方からですわね」

「ひょっとして……アインがやらかした？」

おいおい、やらかしたって穏やかじゃないぞ。

鋼鉄魔人《アイアン・レイス》って見た目通りパワータイプの魔獣だからな。うっかり力の加減を間違えて誰かを潰《つぶ》してしまったとか？

俺たちは急いで演習場へと向かう。

広大な土地には、多くの騎士たちが揃っていた。

どうやら、アインが誰かと模擬戦をしているようだが……俺の想定とは逆の状況になっていた。

「なっ⁉」

あまりの衝撃に声が漏れる。

想像とは逆で、アインの方が膝をついていたのだ。

近くにはデリックら若手のテイマー候補生たちもいたのだが、みんな目の前の光景が信じられないようで、口を半開きにしながら硬直している。

無理もない。

Sランク魔獣の鋼鉄魔人《アイアン・レイス》を相手に対等な戦いを見せている者がいるとなったら、誰だってあんな反応になる。

しかしアインの前には魔獣らしき姿はなく、人が一人いるだけだ。

その正体を確認するため、アインの前方にいる人物を見た瞬間、俺は衝撃を受けた。

「じょ、女性……？」

この辺りでは珍しい真っ黒な髪。右の目元には特徴的なホクロがひとつ。

年齢はノエリーやミネットに近く、かなり若い。

いくら騎士とはいえ、あれだけ細身の女性がどうやってアインに膝をつかせるほどのダメージを与えたというのか。

ただ……彼女を見た時から、過去の記憶が脳内によみがえっていた。

「あの子は――」

懐かしい。

いつも大人しくて、部屋の隅で膝を抱えて座っていて、自分の意志で行動を起こすのが苦手だったから常に誰かの後ろに引っ付いて行動していたんだ。そうした性格が災いし、エヴェリンに連れ去られそうになった際も馬車へ真っ先に押し込まれていたっけ。

人見知りで、弟子となった八人の中では、懐いてくれるのにもっとも時間のかかった女の子。

俺は自然と彼女の名前を口にしていた。

「メイ……なのか？」

それは自分で思っていたよりも大きめの声だったらしく、メイは無言のままこちらへと切れ長の目を向ける。

あぁ、やっぱりそうだ。

間違いなくメイだ。

驚いたのは昔との違いだ。

教会で暮らしていた頃のオドオドビクビクしていた姿はなく、凛とした美しい女性に成長していた。

弟子との再会は彼女で三人目なのだが、これ以上の衝撃は他にないんじゃないかっていうくらい、ギャップがありすぎる。

それは何も容姿に限った話じゃない。

鋼鉄魔人《アイアン・レイス》を負かすほどの実力があるということは、彼女も何かしら戦闘分野に特化した能力を有していることを示していた。

あの怖がりだったメイが……まさかこっち方面で才能を開花させるなんて思わなかった。どちらかといえば、ミネットの方が得意そうなのに。

というか、ノエリーもミネットも、合同演習にメイが参加しているのを知っているはずだから教えてくれてもよかったのに。

……さっき二人が見せたあのイタズラっぽい顔は、ひょっとしてこれを想定してのことだったのか？

　以前との差がありすぎて未だに動揺している俺だが、逆にメイの方は非常に落ち着き払っていた。眉《まゆ》ひとつ動かさないどころか、視線がぶれないのだ。

「…………」

　メイは黙ったまま動かない。

　……あれ？

　ひょっとして、人違いだった？

　いや、そんなはずはない。あれはどう見てもメイだ。

　俺が困惑し、次になんて声をかけたらいいか迷っていたら――

「バーツ様!?　バーツ様ですよね!?」

「えっ？　あ、あぁ、そうだよ」

「感激です！　またこうして会えるなんて！」

　一気に近づいてきたメイに両手をガッチリ掴まれると、ブンブンと振り回される。

　さっきまでのクールな態度はどこへ行ったのやら、まるで無邪気な子どものようなリアクションだった。

　この点は昔のイメージとは違うな。

もっとこう、お淑《しと》やかで控えめな反応だろうなって予想していたのだが、見事に裏切られた。

一方、そんなメイの反応を見た騎士団の方々はというと――

「えっ？　あの人って笑うんだ……」

「めちゃくちゃいい笑顔じゃないか」

「感情なくしているのだとばかり……」

皆一様に驚いているようだ。

というか、それが普段のメイなのか。

今でこそ明るいけど、騎士団のメンバーが語る様子からすると、普段の彼女は子どもの頃に輪をかけて暗くなっていないか？

デリックたちも、アインが倒された時に見せた緊迫したような顔ではなく、何が起きたんだと困惑している。

やはり、物静かでクールな姿がみんなの見慣れているメイなのだろう。

……でも待てよ。

改めて記憶をたどってみると、昔もそうだったな。

最初のうちは話しかけてもなかなか反応が返ってこず、暗い印象を受けた。

しかし、何度か話しているうちにだんだんと打ち解けて、最後の方はよく俺に引っ付いていたな。

小柄で俺の歩幅と合わないから、遅れないようにこちらのズボンの裾《すそ》をよく摘《つ》まんでいたのを思い出した。王都の施設に預けて、一緒にいてやれないことを告げた時、一番抵抗していたのは彼女だったな。

けど、まさか騎士団に入るなんてなぁ。

ノエリーが入団したと聞いた時も驚いたけど、同時に彼女なら務まるだろうなって妙な安心感はあった。

しかし、メイの場合はまったく逆だ。

前にノエリーから自分以外の人たちも活躍していると聞いた時、メイは神官とか聖女とか、そっちのジャンルで名を馳《は》せているものだとばかり……まさかこっち方面だったとはな。

とりあえず、俺の後ろにいるノエリーとミネットが怖い顔でこちらを見ているので、情熱的に掴まれている手をほどき、彼女の近況について話を聞くことに。

「久しぶりだな、メイ。立派に成長しているようで嬉しいよ」

「そんな……私はあなたを目標にして頑張ってきたんです。すべてはバーツ様のおかげです」

言葉としてはノエリーやミネットと同じように聞こえるのだが……なんだろう。彼女の場合は二人よりも重みを感じる。

その時、ふと彼女の身につけている制服に目が留まった。

騎士団所属であるノエリーの制服と、微妙にデザインが異なるのだ。つまり、彼女は騎士団ではなく別の組織に入ったのである。騎士団以外で合同演習に参加していそうなところといえば……あそこしかないいな。

「メイ、今の君はひょっとして……魔法兵団所属か？」

「はい。中でも私は死霊《しりょう》魔術師をしております」

「し、死霊魔術師？」

魔法兵団所属という予想は的中していたが、まさか死霊魔術師だったとは。

いや、でも、待てよ。

そういえば、教会で暮らしていた頃からホラー小説とか好きだったな。

同じくミネットも読書が好きで、ある時お互いに読んでいる本を交換したのだが、メイの持っていた本があまりにも怖すぎたらしく、ミネットはしばらく夜中に一人でトイレに行けなくなったっけ。

そういった過去からすると、死霊魔術師というのはメイにとって天職なのかもしれない。

……だが、死霊魔術師というからには、従えている魔獣……ではなく従霊《じゅうれい》がいるはず。鋼鉄魔人《アイアン・レイス》を負かしたのもその従霊の力だろう。

メイの周辺にそのような気配は感じられない……と、思っていたのだが――

「っ!?」

何やら、異様な感覚がした。

俺だけじゃなく、シロンやクロスも同様に辺りを警戒している。

妙な気配だが、この場にいる誰もが平然としている。

俺たちの感じている気配が分からないんじゃなく、気づいてはいるんだけど問題ないから落ち着いているといった方が正しいか。

「……どうやら、私のパートナーを感じてくださっているようですね」

こちらの反応を見て「ふふふ」とちょっと怖い笑みを浮かべるメイ。

やはり、姿が見えないだけで何かが俺たちの近くにはいるようで、それがメイのパートナーらしい。

「どこかにいるのは間違いないのだろうけど――む？」

姿なきパートナーを探していると、俺は目の前の空間に違和感を覚えた。

目で見る限り、その場には何も存在しない……だが、感覚的には確実に「何か」がいる。そして俺やシロンやクロスをジッと見つめている。

「不気味だな……」

「な、なんだ、こりゃ……めちゃくちゃ嫌な予感がするぜ」

二体とも、得体の知れない気配に動揺している。

そういえば、ダンジョンのトラップにも似たようなタイプのものは存在していたな。

以前耳にしたその手のトラップの見破り方は――魔力をまといながら敵を見る、だ。

早速試してみると、まず輪郭《りんかく》が浮かび上がった。

周辺をふよふよと浮いているのは、メイの従霊たち。

手の平にすっぽり収まりそうなサイズで、これだけ見ればまだ可愛いものだが……問題はその従霊たちの背後に存在している巨大な影であった。

「うっ!?」

その影を目の当たりにした瞬間、俺だけじゃなく、シロンもクロスも思わずたじろいだ。

鋼鉄魔人《アイアン・レイス》や植物人形《プラント・ゴーレム》も十分大きいのだが、それ以上に巨大だった。

全体像がハッキリしてきたことで、ようやく正体が発覚する。

「こいつは……亡霊竜《ファントム・ドラゴン》か……」

「さすがです、バーツ様」

なんてこった。

彼女が連れていたのは、ノエリーの鋼鉄魔人《アイアン・レイス》やミネットの植物人形《プラント・ゴーレム》に並ぶSランク魔獣だ。

こいつがアインに膝をつかせた張本人ってわけか。

互いの実力は拮抗《きっこう》しているのだろうが、いかんせん相性が悪い。圧倒的なパワーで攻めまくる鋼鉄魔人《アイアン・レイス》にとっては、もっとも相手にしたくない魔獣だろう。

なにせボディは半透明で物理攻撃は一切受け付けないのだから。

まさに天敵とも言える存在だ。

にしても、死霊魔術師と亡霊竜《ファントム・ドラゴン》──まさにベストマッチだな。

「やはり、先生にはこの子が見えるんですね」

「あ、あぁ……って、他の者たちには見えないのか？」

「ほとんどの人は苦労しているようです。あっ、でも、後ろにいるノエリーさんやミネットさんは先生のようにあっさりと見ることができましたね」

「な、なるほど……」

まあ、亡霊竜《ファントム・ドラゴン》を初見ですぐさま視認できるようになるのは難しいかもな。俺だって、気配を察知することができなかったら未だに確認できていなかったかもしれない。

しかし……メイまでもがSランク魔獣使いか。

ひょっとして、残りの五人も──いや、考えるのはよそう。

話題を変えるため、俺はメイにパートナー魔獣のことを尋ねてみた。

「発見自体が非常に困難と言われる亡霊竜《ファントム・ドラゴン》をパートナー魔獣にするなんて、テイムするにはかなり苦労したんじゃないか？」

「そうですねぇ……三年はかかりましたか」

「さ、三年!?」

それはまたなんとも長丁場だったんだな。

「テイムした例がほとんどなくて、参考になるような資料が手に入らず、時間がかかってしまいました。お恥ずかしい限りです」

「いやいや、結局テイムできたんだから凄いよ！」

普通のテイマーならまず「亡霊竜《ファントム・ドラゴン》をテイムしよう」なんて発想に至らないからな。デリックの連れているAランクのグリフォンでさえできすぎなのに。

「これもすべては先生の教えがあったからこそ……」

ペコリと礼儀正しく頭を下げるメイ。

こういうところも昔とは変わっていないが――って、あれ？

なんだか周りの様子がおかしいような？

ざわざわざわ。

な、なんだか騒がしいぞ。

今のやりとりに何か変なところでもあったかかな。念のため、ノエリーやミネットの方へも視線を向けるが――

「「…………」」

二人ともポカンと口を開けていた。

ひょっとして、亡霊竜《ファントム・ドラゴン》の存在を知らなかったのか？　でも、メイはノエリーとミネットには見えていると言っていたから、存在は把握《はあく》しているはずなのだ。

ならば何に二人は驚いていたんだ？

「あの、メイさん？」

「何？」

「あなた……いつからそんなお喋りに？」

「えっ？」

そのミネットの指摘を受けた途端、メイの顔がカーッと赤くなる。

俺はこれが十三年ぶりの再会となるため、普段の彼女の様子というのをまったく知らないのだが、周りの人たちのリアクションから、普段は無口なんだろうなって予想はしていた。

「わ、私……舞い上がってしまって……」

周りの人たち以上に、彼女自身が困惑しているみたいだけど……いつもは一体どんな様子なのか逆に気になってきたよ。

ともかく、せっかくの再会をもっと喜び合いたいところではあるが――浮かれすぎて忘れていたけど、今は合同演習の真っ最中なんだよな。

その場にいた騎士団と魔法兵団のお偉いさんたちにやんわり怒られたので場所を移動するも、結局、合同演習は俺たちが合流したせいで一旦中断となってしまった。

せっかくの鍛錬に水を差してしまったかと焦ったが、どうやらそろそろ休憩を入れる時間だったらしい。

「バーツ殿！」

というわけで、デリックたちとも合流した。

彼には初対面の時は思いっきり敵視されていたが、今ではそんな素振《そぶ》りもすっかりなくなっている。なんだか、心身ともに身軽になったような印象だ。

「バーツ殿も合同演習に参加されるのですか？」

「いや、俺はあくまでも視察目的だよ。それより、昨日ラングトン騎士団長からお願いをされてね」

「騎士団長からですか？」

顔を見合わせる若き騎士たち。

どうやら、みんなピンと来ていないようだな。

……って、よく考えたらデリックにはグリフォンがいるから関係ないんだよなぁ。彼には俺のフォローをしてもらうとしよう。

「みんなのパートナーとなる魔獣をテイムしに行くことが決定した」

「「「「おおっ！」」」」

ワッと歓声があがる。

やはり、テイマーを目指すとなったら、魔獣をテイムしなければな。ノエリーやミネットだって、そこから始めていったのだ。

最初のパートナーの強さにこだわる必要はないから、気楽にやればいいだろう……中にはいきなりAランクのグリフォンと契約できるデリックみたいなタイプもいるが、それは稀《まれ》な存在といえる。

最初は基本に忠実に。

まずは魔獣との接し方について、合同演習終了後に話をするとしよう。

盛り上がっているデリックたちを眺めていると、メイが静かに声をかけてきた。

「あの、バーツ様はこれからどちらへ？」

「彼らのパートナー魔獣をテイムするため、近くの森にでも行こうかと」

「で、でしたら私も一緒に――」

「そうはいかんな！」

いきなりのデカい声に、俺とメイは飛び上がって驚いた。

振り返ると、そこにはスキンヘッドの偉丈夫《いじょうふ》が腕を組んでこちらを睨んでいた。

彼の身にまとう制服と今の態度から、恐らくメイの上司だろう。

「今回の合同演習では、その日のうちに報告書を提出する決まりになっている。――分かっているよな、メイ」

「ひゃい……」

メイは涙目になりながら返事をする。

しかし、どうしてもあきらめきれない彼女はさまざまな理由を並べてついてこようとするのだが、すべて上司に一蹴《いっしゅう》され、ついには首根っこを掴まれて連行された。

残念だ、と肩を落としていたら、ノエリーが突然叫ぶ。

「メイ！　若手たちの魔獣テイムは明日ですからね！」

本当に友達思いだな、ノエリーは。

「ありがとうございますぅ……」

小さくなっていくメイは喉から振り絞るようにしてお礼の言葉を述べる。

彼女が上司に連れられて見えなくなってしまう頃には、合同演習の再開準備が整った。

さて、ここからは本来の目的である視察に専念するか。

合同演習終了後。

ノエリーの部下でテイマーを志願している者たちを集め、これからの動きについて詳細な話をすることになった。

ノエリーが王国騎士団の詰め所にある部屋のひとつを借りてくれたので、早速向かう。

それにしても今さらだが、こうして騎士をテイマーに育て上げないといけないとなると、責任重大だな。しかも新しい国防組織の幹部候補ということは、この教え方が、この国におけるテイマー育成のスタンダードになる可能性が高いということだ。

まあ、プレッシャーはあるものの、ノエリーたちを教えていたあの教会の環境に比べたらずっとマシか。

心の持ちようとしてはまったく違う。

教会で教えていた頃は、あくまでも友達作りって感じで始めたし、仮に失敗しても何がどうなるってわけじゃなかった。

しかし、ここで俺が中途半端な育成方法を生み出してしまえば、後世にまで迷惑をかけ続けることになるし、それは期待してくれるラングトンや元弟子たちを裏切ることになる。それだけは絶対に避けたかった。

というわけで、気合を入れて話し合いをしようとしたのだが、その場所にはなぜかミネットもついてきた。

商人であるミネットがなぜついてきたのか。最初はそう思っていたのだが、実は今回の魔獣テイムに大きく関係していたのだ。

というのも――

「テイムする魔獣に関する資料はわたくしが用意しましたの」

とのことらしい。

正直、かなり助かった。

魔獣をテイムすると言っても、対象となる魔獣が何でもいいというわけではない。

テイムする際には、魔獣のランクとテイマーの実力が大きくかかわってくる。騎士団に入って間もない若い子たちには、いきなり高ランク魔獣のテイムは難しいだろう。

なぜ契約ができないのかといえば、魔獣側がテイマーを下に見て、健全な関係を築くことができないからだ。

その点、いきなりAランクのグリフォンと契約できたデリックは規格外の才能、例外中の例外といえる。これから鍛えていけば、エースとして活躍することも期待できる。

話を戻して――候補生たちには、まず低ランクの魔獣をテイムしてもらい、その後、魔獣との生活に慣れ親しんでもらう。

最初、うちのシロンやクロスを目の当たりにした際、若手の騎士たちは一瞬怯《ひる》んだ。王都も冒険者が多く、テイムされた魔獣はそれなりにいるが、騎士になれるような身分の彼らにとっては、馴染みが薄《うす》かったのかもしれない。

……そういえば、ノエリーたちも最初のうちは、俺が連れていた魔獣たちをひどく怖がっていたなぁ。次第に打ち解けて、最後の方はみんながテイムした魔獣も一緒に、楽しそうに遊んでいた。今でもその光景は鮮明に思い出される。

あの頃、俺がパートナーとして連れていた四体の魔獣たち――彼らは今も元気に暮らしているだろうか。

エヴェリンから子どもたちを守り、セラノス王都に預けた後……俺はテイマーを廃業しようと、その四体の魔獣たちと契約を解消した。

パーティーの連中と惚れた女。

わずか数ヶ月の間に、俺は二度も裏切りを受けた。

子どもたちの前では強がってはいたものの、まだ若かった俺の心は満身創痍《まんしんそうい》だった。

これ以上、何かを抱えて生きていくのは無理だろうと判断し、魔獣たちとの契約を打ち切った。

彼らは俺を気遣い、何も言わずに去っていったが……きっと、恨まれているだろうな。

……許されるなら、また会いたいんだけどなぁ。

「師匠？　どうかしましたか？」

そんな感傷に浸る俺に、ノエリーが首を傾げる。

「……いや、何でもないよ」

いかん。

ついつい昔を思い出してしまった。

俺の思い出話はさておき、明日の若手たちとの遠征について話し合う。

地図で場所を確認すると、ミネットが提案してくれた場所は、ここからそれほど離れてはいないラテット山の麓《ふもと》に広がる森だった。

さて、どんな魔獣が出てくるか……俺も楽しみになってきたよ。


話し合いを終えると、明日に備えて今日は解散。

俺とシロン、クロスは、運河のほとりにある、あの慎ましい我が家へと戻ってきた。

家に入るなり、クロスが頭をかきながらぼやく。

「なんだかなぁ……えらく出世した割には、これまでとあまり変わらない住環境だな」

「かといって、豪華絢爛《ごうかけんらん》な大邸宅も嫌なのだろう？」

「鼻につく感じがして嫌だよなぁ、そういうのって」

「やれやれ、相変わらずワガママなトカゲだ」

「なんだと！　やるのかこの犬っころ！」

「やめんか」

王都暮らしになっても変わらない二体をなだめながら、夕食の準備に取りかかる。

本当は話し合いの後、ノエリーたちから食事に誘われていたのが、彼女たちは要職に就く身として多忙を極めている。

そのため、話し合いが終わったところでそれぞれの関係者が彼女たちを呼びに来て、引きずられるように連れていかれていた。

そこまでの流れは見事にメイとまったく一緒だったので笑いをこらえるのが大変だったよ。

何かと俺に構ってくれるのはとてもありがたいが、三人とも、今ではすっかり立場のある人間へと成長しているんだから、まずはそちらを優先してもらいたい。

俺はこちらへ移住してきているわけだから、食事の機会なんていつでもあるしな。

そういえば、今日の視察中に教えてもらったのだが、俺が昔教えていた八人の弟子のうち、一人は城内で働いていて、残り四人は現在国外にいるらしい。ただ、あくまでも住んでいるのはこの王都で、今が一時的に用事で出ているだけだという。

城で働いている一人については、詳しい役職などは直接本人から聞いた方がいいと教えてはくれなかったが、城で働いているとなるとめちゃくちゃ出世してるってことだよな。

いずれにせよ、彼らとの再会はもう少し先になりそうだな。

ちなみに、夕食の内容についてだが、今日のところは持ってきていた干し肉とパンで軽く済ませる。

目の前には川もあるし、時間を見つけて釣りをしたいな。

あと、ラングトン騎士団長から畑づくりの許可ももらっているので、こちらも少しずつ耕《たがや》しながら進めていきたい。何を育てるかはまだ決まっていないけど、できるだけ成長の早い野菜がいいな。

建物自体についても、これから手を加えていく予定だ。

まずは何より補強が必要だよな。今のままだと、嵐《あらし》が来たら全部吹っ飛びそうだし。

ここをなんとか改善したいところだ。

「それにしても……我が家があるというのはいいなぁ」

結局それにつきる。

これまでの野宿と宿暮らしも別に不自由はしていなかったが、やはり安定しないというか、心を落ち着けられないという難点があった。

だが、今はその心配がない。たとえオンボロであっても、誰の邪魔も入らない空間というのはやっぱりいいものだ。

「でもよぉ、もし旦那がその新しい組織の幹部ってことになったら、さすがにこのままっていうわけにもいかねぇんじゃねぇか？」

「確かに……下の者に示しがつかないのでは？」

クロスとシロンがそう言うが、それを気にするには時期尚早《じきしょうそう》だと思うんだけどね。

「まだ決まったわけでもないのに、気にしてもしょうがないだろう？　それに、俺はどんな立場になっても今の俺を変えるつもりはない。これからも今まで通りにやらせてもらうさ」

「まあ……その方が旦那らしいか」

「あのノエリーという子も、きっと主のそういう性格を見越して推薦したのだろう……相手の本質を見抜ける力はさすがだ。主よ……嫁にするならああいう子がいいぞ？」

「俺はメイって子かなぁ。三人の中で一番スタイルがよかった。あと、ミネットって子は一番の金持ちらしいからそれも狙い目か」

「……下衆《げす》め」

どうやら、シロンもクロスも俺を弟子の誰かと結ばせたいようだが……さすがに年が離れすぎているし、そもそも向こうにそんな気はないだろう。みんな昔のままの気持ちで俺に接してくれていると思うし。

そんな会話をしながら、夜は更けていく。
朝が来たら、みんなを連れてラテット山へ行くわけだが……いつ以来だろうな。
明日が来るのを心待ちにするのは。

第四章　テイマーを目指す者たちへ

運河のほとりにある小屋で迎える二度目の朝。

「う～ん……」

まだ朝霧《あさぎり》の漂う時間帯ではあるが、なんだか目が覚めてしまった。

シロンとクロスを起こさないように気をつけながら外に出て、軽く伸びをする。

運河へ視線を移すと、王都の外へとつながる水門に向けて、船が出港するところだった。

「朝早くからご苦労なことだ」

それにしても……本当に大きな都市だ。

王都っていうくらいだから、これくらいの規模があるのも当然かもしれないが、このセラノスは他国に比べてもそのスケールは圧倒的だ。

でも、この繁栄の裏には俺の元弟子たちが大きくかかわっているんだよな。

聖騎士のノエリーと死霊魔術師のメイは、それぞれ国を守る者として互いに切磋琢磨《せっさたくま》しながら成長している。

商人として働いているミネットの活躍だって重要だ。経済面での発展は、間違いなく彼女の手腕によるところが大きいというからな。

まだ再会できていない残りの五人の元弟子たちも出世しているそうだし、短期間とはいえ、師匠として接していた者としては本当に誇らしい限りだ。

「あの子たちをここへ預けていったのは大正解だったな」

教会で子どもたちにテイマーとしての心得を教えていた頃から、セラノスの噂はよく耳にしていたっけ。

「主よ、随分と早起きではないか」

「何かあったんすか？」

しばらく運河を眺めていたら、シロンとクロスがやってきた。シロンは寝起きにもかかわらずいつも通りキリッとしているが、クロスの方はあくびをかみ殺していて、まだ眠そうだな。

「しっかりしてくれよ、クロス。今日から先輩になるんだからな」

「先輩？」

俺の言葉に首を傾げるクロスに、呆《あき》れながらシロンが口を開く。

「やれやれ……忘れたのか？　主のもとでテイマーの極意《ごくい》を学ぼうという若者たちと一緒に、魔獣をテイムしに行くと言っただろう」

「あぁ、そうだった」

極意と呼べるほど上等な代物《しろもの》じゃないかもしれないが、俺がこれまでに培《つちか》ってきた経験や技術をできる限り伝授するつもりではいる。

しかし、三流冒険者である俺なんかに本当に務まるのか？

……なんか、不安になってきたぞ。

「自信を持つがいい、主よ」

「っ！　シ、シロン……」

まるでこちらの心を見透かしているかのようにシロンは頷く。

「主がこれまでしてきたことが正しかったから、弟子たちは頼もしく成長したし、クロスは格上のグリフォンにも勝てたのだ」

「そうっすよ！　みんな旦那のやり方を認めてるんすから！　何も変えず、ありのままをぶつければいいんすよ！」

「ははは、ありがとうな」

シロンとクロスの熱い言葉に、思わずウルッと来てしまった。

年を取ると涙腺《るいせん》が弱くなっていけないな。

その後、小屋へと戻って軽く朝食を済ませると、俺はシロンとクロスを連れて、待ち合わせ場所である王都と外をつなぐ東門へと向かった。

俺たちの家の東側は青果市場となっており、早朝にもかかわらず景気のいい声があちらこちらから聞こえてくる。

「さすがは王都っすね。活気が違うっすよ」

「商人たちの働きぶりも、他の町と比べて勢いが違う」

リザードマンと白狼でも、その差異が分かるのか……って、まあ、賑わいという面では確かに雲《うん》泥《でい》の差と言っていいかもな。そもそも人と店の数が比べ物にならないし。

そんなことを考えているうちに、東門に到着。

「あっ！　おはようございます、バーツ殿！」

「「「「おはようございます！」」」」

「おはよう、みんな」

すでにノエリーをはじめ、テイマー志願の若者たち五人が集結していた。ミネットもいるな。

本当はメイも参加する予定だったのだが……急な任務が入ったらしく不参加となった。

「あの人は本当に……肝心な時にいつも不運を掴まされますね」

「こればっかりは同情しますわね」

ノエリーとミネットは気の毒そうに頷く。

どうやら、彼女の運の悪さは今に始まったことではないらしい。

昔はそんな風に感じなかったので、そうした体質は成長してからついてきたのかな。どちらにしても残念だ。

メイに同情しつつ、俺たちは馬車が待機している場所へと向かう。

目的地はここからは離れているため、ミネットは全員が乗れるように二台の馬車を用意してくれていた。

「さあ、お乗りください」

そう言ってミネットは俺を馬車へ誘導しようとするが――これ、どう見ても二人乗り用だよな？

屋根付きで、豪華な仕様となっているが……もうひとつの方は、大人数が乗れるように屋根なしの荷台になっている。冒険者や騎士がよく利用するタイプだな。

「お誘いはありがたいが……他のメンバーと少し話をしておきたいから、今回は遠慮しておくよ」

「あら、それは残念ですわね」

「ふふふ！　残念でしたね、ミネット！　抜け駆けしようとしたバツですね！　では、私も先生と一緒にあちらの馬車で――」

「あっ、こっちはもう定員オーバーみたいだから、ノエリーはミネットと同じ馬車で」

「…………」

一瞬にしてノエリーの顔から明るさが消えた。

なんか「スン」って音が聞こえてきそうな表情だ。

「……デリック」

「は、はい」

「分団長命令です。あっちの馬車に乗りなさ――」

「ワガママ言っていないで、あなたはこっちへ乗りなさいな」

「あっ！　何をするんですか！　さては道連れにしようって魂胆《こんたん》ですね！」

……なんだろう。

体は大きくなったし、立場は凄く偉くなったけど……こういうところは昔と変わらないんだな。

というわけで馬車に乗り込み出発。

そこでデリックたちから話を聞いたのだが、あのような姿のノエリーを見るのは初めてだという。

メイの時もそうだったが、久しぶりに俺と会って昔の調子が出てきたのかもしれないな。

馬車を走らせながら、改めてこちらの馬車に乗るメンバーを見る。

つい先日俺と戦ったデリック。

メガネをかけたロバート。

大柄で無口のカレブ。

お喋りでムードメーカーのハーヴェイ。

そして紅一点《こういってん》のパメラ。

あの頃の――ノエリーたちとは、男女比が逆だな。まあ、あっちはエヴェリンが変態貴族に子どもを売る目的で女の子が多かったから、比べる基準が間違っているか。

そんな彼らは、騎士団に所属しながらもSランク魔獣をパートナーにしているノエリーに憧れて、テイマーを志望しているのだと教えてくれた。

しかもノエリーはよく俺の話をしていたそうで、今回俺に指導をしてもらえることになり、とても喜んでいる様子だった。

一方、デリックは何やら複雑そうな顔だ。

というより、何か考え込んでいるような？

「どうかしたか、デリック」

「えっ？　あっ、いや、その……不思議だなぁと思いまして」

「不思議？　何がだ？」

「シロンとクロスです」

どうやら、俺の連れている魔獣に疑問を抱いたようだ。

ちなみに、その二体は馬車に乗れないので後方からついてきている。どちらもスピード自慢だし、こういうのはいいトレーニング代わりにもなるから助かるよ。ちなみに、デリックのグリフォンは上空からついてきているらしい。

――っと、そうじゃなかった。

「あいつらの何が気になるんだ？」

「ノエリー分団長から聞いたのですが、彼らは言語魔法の効果で人間との会話が可能になっているんですよね？」

「そうだ。俺は若い頃、ちょっとした事情があってテイマーを廃業し、魔法使いに転職しようと考えていた時期があってな……その時に教わったんだ」

「そうだったんですね」

「とはいえ、情けない話だが、結局テイマー職に出戻ってきてしまったがな」

「ですが、そのおかげで俺たちは、あなたからテイマーについていろいろと学べるのです」

「デリック……」

嬉しいことを言ってくれるじゃないか。

ちなみに言語魔法は、言葉の違う他種族との会話をスムーズに行うために使われている。本来は商人たちが交渉用に重宝していたもので、俺も冒険者として、商会との取引が優位に進められたらという気持ちからこいつを覚えた。

まあ、パーティーを組む際にはあまり需要がなかったな。攻撃魔法を覚えている者がありがたがられていたなぁ。

それでも、シロンやクロスときちんと言葉を交わしてやりとりができるから大助かりだ。やっぱり、言葉にしてもらった方が伝わりやすいしね。

――しかし、デリックが気にしているのは、ただ言葉を話せるという点だけではないらしい。

「でも、なんというか、シロンもクロスも人間っぽいですよね、言動が」

「うーん……そりゃあ、ずっと俺と行動をともにしてきたから、人間の文化や常識に対する理解はあるよなぁ」

「そこなんです。普通、魔獣はそのようなものを持たないはずなのに」

なるほど。

そこがデリックの引っかかっていることか。

「確かに、一般的なテイマーと魔獣の関係とはだいぶ違うと思うけど……だからこそ、俺たちはAランク魔獣のグリフォンに勝つことができたとも言える」

「ど、どういう意味ですか？」

俺の言葉に対して大きな反応を示したのは、そのグリフォンと契約をしているデリックであった——が、話の内容は他のみんなも気になるようで、全員が前のめりになって俺の言葉を待っている。

「戦い方次第で低ランクの魔獣が高ランクの魔獣に勝てると言ったが……そのためにもっとも必要なことは、テイマーと魔獣の信頼関係だ。もっと言えば絆《きずな》ってヤツだよ」

「絆……」

「俺はそれを、実戦の中で痛いほど学んできた」

青臭い理想論だと鼻で笑われそうだが、これもまた経験から言えること。

腕利きのテイマーたちは、やはり魔獣たちとの接し方が普段から違う。

主従関係ではあるものの、そこまで堅苦しくなくて、穏やかな空気感なのだ。

逆に、結果の出ていないテイマーほど魔獣のせいにして八つ当たりを繰り返し、パートナーに逃げられたりしている。

魔法使いになろうと決心してから言語魔法を覚えたのは、いつかテイマー業に復帰した時に使えたら便利だろうなって考えていたからだったが、それが正解だったと実感している。

「バーツ殿と魔獣たちの関係を見ていると、絆というものがどれだけ大事なのか……それがよく分かりますね」

出会った頃からは想像もできないくらい柔和《にゅうわ》な表情で、デリックは語る。

憑《つ》き物が落ちたって印象だな。きっと、副騎士団長を父に持つことでプレッシャーがあったんだろうけど、今はとても落ち着いている。

その点を安堵《あんど》しつつ、まだまだ話を聞き足りないという顔をしているみんなに、さらなるアドバイスを送る。

「ノエリーたちも実践しているよ。ほら、彼女たちは自分の魔獣を、種族名ではなく自分でつけた名前で呼んでいるだろう？　これもまたひとつのテクニックさ」

「そ、そういえば……なるほど……」

デリックをはじめ、みんな納得してくれたようだ。

シロンやクロスも俺が名づけてやったからな。

「俺もグリフォンに何か名前をつけてみようと思います」

「それがいい」

「なら、俺は今日テイムした魔獣につける名前を考えます！」

「わ、私も！」

次から次へと、積極的に意見を述べる若手テイマー候補生たち。

勉強熱心だなと感心してしまうよ。

こうして、馬車の荷台で始まった即席の授業は、テイマーを目指す五人の若者たちによい影響を与えたようだった。

デリックたち若手と話をしているうちに、ラテット山の麓に広がる森へたどり着いた。

広い。

それが第一印象だった。

まあ、広い森なんて別に珍しいものじゃないし、大体森って広大なイメージだからなぁ。あえて他の森と違う点をあげるとするなら――やはり、バックにそびえるラテット山の迫力だろうか。

「あれがラテット山か……いやはや、壮大という言葉しか出てこないな」

「国内でもトップクラスの標高を誇る山ですからね」

「この迫力ならそれも納得だな」

これまで山は何度も見てきたが、このラテット山ほど雄大なものは滅多に拝《おが》めない。頂上部にはまだ積雪も残っており、いつまでも眺めていたくなる、まさに絶景だった。

テイマーとして新しい道を踏み出そうとしている彼らの初舞台として、申し分ないな。

早速、これからの動きについて説明しようとしていたら、ようやくノエリーとミネットが到着した。

なぜか途中で彼女たちの馬車はスピードダウンして、少し後をついてきてたんだよな。

なんだか元気がないように見えるのだが……どうしたんだ？

「何かあったのか？」

「い、いえ、なんでもありませんわ！」

「そうです……ちょっと昔を思い出して……」

ミネットとノエリーはそう言うが、特にノエリーは意気消沈だった。

声のトーンも張りがなく、体調不良なのかと疑い始めたその時、彼女の言っていた「昔を思い出して」というフレーズが脳裏に浮かぶ。

もしかして、それはエヴェリンにさらわれそうになった時の記憶か？

再会してからずっと元気いっぱいだったので、もうすっかり忘れてしまったのかと安堵していたのだが……やはり、あの夜がノエリーに与えた影響は大きそうだ。

「大丈夫か？」

「も、問題ありません！」

表情をグッと引き締めてアピールするノエリー。

彼女としても、部下である若手テイマー候補生たちの晴れ舞台を台無しにしてはいけないと気持ちを切り替えたようだ。

この辺は昔と変わらないな。落ち込まないというか、そう簡単にへこたれないタフなメンタルを持っている。

かつての弟子たちについてはこの辺にしておいて――そろそろ新しい教え子たちの第一歩を手助けしよう。

「では、森に入る順番を決めるくじ引きをしよう」

一度に全員を見ることはできないので、順番を決めてから一人ずつ森の中へ入ることにした。

森に入らないメンバーについては、その間はノエリーとミネットの魔獣との触れ合い体験をしてもらうとしよう。

ちなみに、ノエリーのパートナーである鋼鉄魔人《アイアン・レイス》とミネットのパートナーである植物人形《プラント・ゴーレム》はこの場にいない。厳密に言うと、連れてこようとしたのだが断念したのだ。

サイズの問題はもちろんだが、うちのシロンやクロスのように素早く動けるタイプの魔獣じゃないからな。どちらもパワータイプって感じだし。

なので、目的地に到着してから呼び出す予定だった。

「ノエリー、ミネット、召喚術で魔獣を呼び出してくれ」

「「はい！」」

二人は事前の打ち合わせ通り、召喚術を用いて魔獣の呼び出す準備に取りかかる。

この召喚術も、テイマーになるためには欠かせない技術のひとつだから、実際に目にしてもらうのが早いだろう。

デリックのテイムしているグリフォンのようにフットワークの軽い魔獣ならよいのだが、そうでないタイプの魔獣とパートナーを組むこととなったら、今回の召喚術は大いに役立つはずだ。

「「はあっ！」」

二人はほぼ同時に召喚術を発動させる――と、地面に魔法陣が描かれ始めた。

やがてそれが完成すると、青白く光り出す。

しばらくするとその光は形を変えていき、最終的には二人のパートナー魔獣がそこにいた。

「「「「おお！」」」」

一連の動きをじっくり見ていたデリックたちが、歓声をあげる。

この召喚術は、魔獣とテイマーが正式に契約を結ぶと自然に扱えるようになる。誰に教わったというわけではなく、本能で理解するのだ。とはいえ実際に誰かがやっているのを見ないとイメージし辛いので、こうしてお手本を見せてあげたわけである。

テイマーには他にもいくつか、こうした特殊な能力が存在している。

とはいえ一度に全部覚えろというのは酷《こく》なので、ひとつずつじっくりやっていこうと思う。

デリックはさっそく、ノエリーとミネットに詳しく話を聞きに行っている。

それを見た他の四人は、遅れないよう、まずはパートナー魔獣をこの森で探そうと気合を入れていた。

「よし。じゃあ、まずはロバートから」

「は、はい！」

まずはロバートの相棒探しから始めるとしよう。

緊張しているのか声を上ずらせ、ずれたメガネを指先で直しながら、ロバートは俺のもとへとやってくる。

さすがに緊張しているようだが……果たして、彼はどんな魔獣をパートナーに選ぶのだろうか。

「よ、よろしゅくお願いしみゃす」

馬車を降りたあたりからずっとガチガチに緊張し、動きも鈍い。言葉も噛みまくりでかなり心配だ。

まあ、そもそも騎士団に入ってまだ日も浅そうだし、こういう場に単独で足を踏み入れるという経験もないのだろう。

Aランクのグリフォンをテイムできたデリックの資質が相当なものだっただけで、ロバートのような反応が当たり前といえば当たり前なのだ——が、これから魔獣をテイムする態度としては望ましくはない。

テイマーと魔獣は、何より信頼関係が大事。

魔獣に「このテイマーならば信じて戦える」と認められなければ、契約を結ぶことはできないのだ。

ゆえに、今のロバートみたくビクビクオドオドしているテイマーには、低ランクの魔獣であってもついてくることはない。

だからこそ、彼にはもう少しリラックスしてもらわないと。

「ロバート、落ち着いていけよ」

「は、はい！　わ、わわ、分かりました！」

うーん……勢いはよいのだが、声も震えているし目も泳いでいる。全身から不安って感情が漏れ出ているな。

やはり、魔獣に対する恐怖心があるのだろう。

「おいおい、あの兄ちゃん大丈夫かよ」

「騎士を名乗る割には度胸がなさそうだな」

クロスとシロンからもひどい言われようだ。

でも、確かに今の状態のままでは、魔獣をテイムできる可能性は限りなく低い。

――そんな俺の嫌な予感は見事的中することになる。

さっそく森に入った俺たち。

しかし、頼りなく見えてしまうロバートの様子に、魔獣たちは見向きもしない。テイムしようにも魔獣が逃げていってしまう状況ではどうしようもなかった。

一体、また一体と離れていくたびにロバートの自信はさらに奪われ、どんどん悪化していく負のスパイラルにハマっていく。

このままでは立ち直れないくらいのダメージを負いそうだが、切り上げるのもそれはそれで気の毒だ。

そういえば、ノエリーも最初はこんな感じだったな。

あの子はとにかく不器用で、今のロバートみたいに空回りしてしまっていた。八人の中でパートナーができたのも一番遅かったし。泣き出しそうな彼女の顔を見て、俺はなんて声をかけたのか――そうだ。

「ロバート」

「っ！　す、すいません……次こそは必ず成功させます！」

うーん……今にも泣き出しそうな表情まで、あの頃のノエリーそっくりだな。分団長としてのメンツもあるだろうから、そのことはみんなには公表しないけど。

ただ、ここまで追いつめられている状態だと効果は期待できないかもしれないが、それでも何もしないよりはきっとマシだろう。

「そう気負うな。楽しんでいこう。リラックスしていけ」

「えっ？　た、楽しむ？」

俺の言葉がかなり意外だったようで、ロバートの声は裏返っていた。

でも、そのおかげかさっきまでの硬さが消えたな。これだけでも言った効果はあるというものだ。

とはいえ、俺が言っていることをまったく理解できないままもう一度挑戦するのも難しいと思うので、もうちょっと具体的なアドバイスをするか。

「そうさ。テイマーと魔獣ってくくりを一旦忘れて、新しい友達と出会うような感じで接してみよう」

「と、友達……」

おっ？

どうやらロバートにはその表現が刺さったらしい。

この反応も、あの頃のノエリーっぽいな。彼女は魔獣と友達になりたがっていた。その気持ちを前面に押し出して魔獣と接した結果、見事にテイムを成功させたんだ。

ここまでの流れはまったく同じ。

ロバートは相変わらず緊張で体が硬くなっているけど、さっきとは目つきが変わったし、期待が持てそうな雰囲気を醸し出している。

次は……やってくれるはず。

ちょうどその時、俺たちの目の前を鳥型魔獣が通過し、近くの岩の上にとまった。

「ほら、やってみろ」

俺はロバートの背中を軽く押す。

それで、彼の覚悟も決まったようだ。

「い、いきます……」

先ほどよりも声のボリュームは低いが、体の震えがなくなっている。魔獣へと近づいていく足運びも見違えるほどしっかりとしていた。

「よし……」

気合を入れ直したロバートは、岩の上で羽を休める鳥型魔獣へとゆっくり近づいていく。向こうも彼の存在に気づき、ジッと見つめている。

今のロバートには、臆した様子はまるで見られない。

大袈裟な表現ではなく、本当にさっきまでとは別人のようだ。

「よし……」

手応えを感じたロバートは魔力を全身にまとう。この魔力の誘いに魔獣が乗れば、契約の意思がある証《あかし》で、晴れてパートナーとなれるのだ。

「怖がらなくていいよ。僕は君と友達になりたいんだ」

優しく語りかけるロバート。その気持ちはしっかり伝わったらしく、鳥型魔獣は岩から飛び立つと、彼の肩にとまった。

魔獣が契約を了承した瞬間だ。

「や、やった！」

大慌てで契約の儀を始めるロバート。

意識を集中すると、彼の足元に魔法陣が広がっていく。

さっきノエリーたちが見せた召喚術と似ているが、模様は異なるものだ。

その魔法陣の中で触れ合い、儀式は終了。

「ぼ、僕のパートナー魔獣が……」

初めてのテイムに、ロバートは感動している様子。

その笑顔は、まさに初めてテイムに成功した時のノエリーとそっくりだった。

「よし、いいぞ。一度みんなのところに戻るか」

「はい！」

一人ずつ森に入ることになっているので、俺たちはすぐ近くで待っているみんなのところに戻る。

ロバートが鳥型魔獣を連れているのを見て、みんな自分のことのように喜んでいる。

「さあ、次はカレブだったな」

「は、はい！」

カレブもまた緊張した面持ちだったが、ロバートが成功させたことにより少し気持ちが楽になっているようだ。

ロバートから俺のアドバイスを聞いたようで、森に入ってもリラックスしていた。

そのおかげかすぐにパートナー魔獣を決め、契約を成立させる。

その後に挑んだハーヴェイとパメラも、先に成功した二人からコツを教えてもらい、スムーズに儀式を成功させていった。

デビューでこの結果なら上々と言えるだろう。

それぞれテイムした魔獣をまとめると、ロバートは鳥型魔獣、ハーヴェイはモグラ型魔獣、パメラは猫型魔獣で、カレブはなんと熊型の魔獣だった。

正直、あの熊型魔獣のポテンシャルは、シロンやクロスより高いかもしれない。

しかしそれをテイマー初心者であるカレブがテイムできたのには、理由があった。

それは――この熊型魔獣、かなり臆病《おくびょう》な性格をしていたのだ。

見てくれこそおっかなく、森で出会ったら腰を抜かしてしまうかもしれないくらいの迫力が備わっている。だが、常にオドオドしていて小さな音にも過剰《かじょう》に反応してしまうのだ。これは今後の課題だな。

ともあれ、全員が無事にテイムできたのだが、駆け出しの新米テイマーというわけで、全員のパートナー魔獣はEランクであった。

ランクが付けられている中では最低の部類だが、最初はそんなものだ。

ここから鍛錬を積んでいけば、うちのクロスのように上位ランクを倒せるレベルにまで成長できる。さらにパートナーを増やしていくことで、さまざまな状況に対応可能となるのだ。これこそがテイマーの王道といえる。

まあ、だからといってデリックのように最初から強い魔獣を連れているのが邪道というわけではない。あまり見かけない激レアパターンであることも確かだが。

ちなみにそのデリックも、ノエリーから召喚のやり方を教えてもらい、全員がテイムし終える頃にはしっかりマスターしていた。こっちは本当に才能の塊だな。末恐ろしいとはまさにこのことだ。

ともかく、これで最初のミッションは無事に終了。

「みんな、よくやったぞ」

やり遂げることができたら、まずは褒めること。成功体験っていうのは大事だからな。次へ進む自信にもつながるし。

とりあえず、もうテイマー候補生という呼び方は卒業でいいかな。

さて、目的は達成できたし、そろそろ戻らないと、道中で夜を迎えてしまいそうだ。

騎士団への報告など諸々やらなくちゃいけないこともあるし、まずは一度王都へ戻ることにしたのだった。


王都に戻ってくる頃には、すっかり日が暮れていた。

ちなみに、魔獣たちは主が自分で世話をすることになるため、各々自分の家に連れ帰るわけだが……さすがにEランクだけあって小型魔獣が多くて助かる。カレブの熊だけはちょっとデカいけど。

というか、みんなすっかり馴染んでいるな。

魔獣という生き物は、契約者の感情に敏感なケースが多い。健全な精神であれば、それだけ連れている魔獣にも好影響を与える。

すなわち、今の若きテイマーたちは非常に充実しており、精神的に安定していると言えた。

王都へ到着し、それぞれの魔獣を改めてチェックしつつ今後の予定を発表しようと思うのだが……正直、何も決めていない。

いずれにしても、まずは自分の魔獣とより深い信頼関係を築くため、四六時中行動をともにするのが全員共通の課題になるだろう。

あと、テイマーとしての修業中であるとはいえ、ノエリーたちは騎士団に所属しているので、日々こなさなければならない任務もついてくるのだ。

ちなみに明日は急な任務で、東にある隣国コーベット王国のアンデルトンのダンジョンへ遠征に行くらしい。隣国といってもとても良好な関係で、騎士団が遠征のために領地に踏み込むことを許されているくらいだ。

「では、テイマーとしての本格的な鍛錬開始は、みんなが遠征から帰還してからということになってしまいますが……」

「申し訳ありません、バーツ殿」

「何も気にすることはないさ」

ノエリーとデリックは平謝りしていたが、こればっかりは仕方がない。

それに……話を聞くと、もともとこの遠征にノエリーたちは不参加の予定だったらしい。しかし、とある事情でそのダンジョンに向かっていた騎士たちが、現地で苦戦を強《し》いられているようで、急遽ノエリーたちの援軍が決まったという。

セラノスの騎士団といえば、その練度は大陸でも随一。そんな彼らを苦しめるとは……相手もなかなかの手練れのようだな。

俺は遠征準備のために詰め所へと戻っていくノエリーたちを見送った後、あの運河沿いの小屋へ戻った。

本当は観光しつつどこかで食事でもと思ったのだが、慣れない指導をしたせいか疲れが溜まっていたのだ。

王都を見るのは明日でもできるだろう。

というわけで、俺はいつもに比べると随分と早く、眠りについたのだった。

◇◆◇◆◇

明けて翌日。

起きた頃にはすっかり日が高くなっていた。思っていたより疲れが溜まっていたようだ。

シロンとクロスも、気を遣って起こさないでいてくれたらしい。

身支度を整えた俺は、少し王都を歩いてみることにした。

昔とは随分変わった街並みを見ながら、物価の高さに驚きつつ、見たこともない服屋や武器屋を巡っていると……あっという間に夕方になっていた。

さて、ここからが本番だ。

実は、夜の王都ってヤツにも興味がある。夜の賑わいというのは、昼間とまったく異質だからな。どんなものか、ちょっと探ってみるとするか。

まずは、手堅く中央通りから行ってみるか。

「ほぉ……なかなか華やかじゃないか」

中央通りは昼と変わらず人通りは多かったが、歩いている人間の層は明らかに違う。子どもや老人の姿はほとんど見かけなくなり、男女ともに若者から中年層辺りが多いか。

よく観察してみると、昼間には閉じていた店もいくつかオープンしていた。夜だけしか商売しない店ってわけか。これは俄然《がぜん》興味が湧いてきたぞ。

「さあて、どのお店に入ろうか」

品定めをするように辺りを見回していると、クロスとシロンの冷たい視線が背中に突き刺さっているのに気づいた。

「旦那、どうするんで？」

「まさかとは思うが……女性と酒を飲むような店に行くのではないな？」

シロンの眼光がめちゃくちゃ鋭くなった。

……今までだって、そんな店に行ったことはないだろうが。

「普通に酒が飲めて飯が食える店に行くよ」

あの手の店は高くつくからな。これから少しくらい収入は上がるかもしれないけど、できる限り無駄遣いは避けたい。

あと、すっかり忘れかけているけど……下手したら俺は、この国で結構偉い立場になるかもしれないのだ。

変な店に入って、後々クレームを入れられるような事態は避けたい。せっかく信頼してくれたノエリーやラングトンの顔に泥を塗ってしまうからな。

そういうわけで、俺は目についた酒場へと入っていく。

入口のドアノブにぶら下がっている小さな看板を見る限り、ここでは食事もできるようなので期待しよう。

「おっ？　なかなかいい雰囲気じゃないか」

寂《さび》れておらず、それでいて騒がしくもない。閑古鳥《かんこどり》が鳴いているというわけではなく、落ち着いた客層というべきか。

とにかく雰囲気としては俺好みの、程よい賑わいがある店だった。

これで料理と酒がうまければ常連客になってもいいな。

店員に空いている席へと案内されている途中――

「ちょっと、そこの人」

声をかけられて振り返ると、カウンター席に座る二十代半ばから後半くらいと思われる女性が手招きをしていた。

特徴的なのはその耳と尻尾《しっぽ》。

どうやら、彼女は猫の獣人《じゅうじん》族らしい。

頬《ほお》がわずかに赤くなっているところを見ると、すでにちょっと酔っているようだ。

「あたしに付き合わない？」

「えっ？　お、俺？」

「そっ。なんだか……あんたとは話が合いそうな気がするんだよね」

「は、はあ」

断る理由もなかったので、俺は女性の隣へと座る。

なぜか一瞬店内がざわついた気がするが……気のせいか？

クロスは浮かれていたが、シロンは納得していない様子……別にこれくらいはいいだろう。

俺を隣の席に招いた女性はニーナと名乗った。

その出で立《い》《た》ちから、恐らく冒険者であると思われる。

それとなく尋ねてみたら、「やっぱりバレた？」と彼女は明るく笑った。

今でこそ、新設される国防組織の幹部候補としてセラノス王都にいるが、もともと俺は三流で無名とはいえ冒険者。言ってみれば、彼女とは同業ということになる。

それにしても……ニーナって冒険者の名前はどこかで聞いた覚えがあるな。

「あんたって、結構有名な冒険者だったりするのか？」

「どうしたのよ、突然」

「いや、そのニーナって名前をどこかで聞いた記憶があって……」

「そうなの？　——まあ、私がリーダーを務めているパーティーは一応三つ星《トリプルスター》だから、それで知っているんじゃないかしら」

「三つ星《トリプルスター》の冒険者パーティーかぁ……そりゃ凄《すげ》ぇ——って、えぇっ!?」
ト、三つ星《トリプルスター》だと!?
この広い大陸の中でもわずか五つしか存在しないパーティーじゃないか！

いくつもある冒険者パーティーのうち、特別な功績を収めたパーティーは、星を与えられることになる。その星の数が大きければ大きいほど優秀とされており、三つ星《トリプルスター》ともなると、さっきも言ったがこの大陸でも五つだけ。

そもそも、一つ星《シングルスター》に認定されるのだって難しいのだ。

というか、その若さで三つ星《トリプルスター》冒険者パーティーのリーダーとか……嘘だろ？

あっ……待てよ。

それで、俺が彼女に隣の席へ招かれた際、一瞬店がざわついたのか。てっきり、美人からのお誘いだったからと思っていたが、そういう事情があったってわけね。

しかし、そうなるとどうして彼女は俺なんかを隣に招いたんだ？

「あんた……バーツ・フィリオンでしょ？」

「っ！　ど、どうして俺の名前を？」

特にパーティーにも所属していない俺みたいな雑魚《ざこ》冒険者の名前を、どうして超一流冒険者であるニーナが知っているのか。

――その理由は至極簡単だった。

「あたしもあんたと一緒なのよ」

「一緒？」

「そ。――招かれたのよ」

招かれた……ひょっとして、例の新組織の幹部候補で、俺と同じく外部から召集されたってクチか。

ただ、それと俺を知っている理由が結びつかない。

「あんたが俺と同じ召集されたというのは分かった。しかし、それと俺の名前を知っているのは無関係だろう？　調べたのか？」

「調べるまでもないわよ」

「何っ？」

ニーナはグラスに残った酒を飲み干すと、「ふぅ」とやたら色っぽい吐息《といき》の後で事情を説明する。

「うちのパーティーでも期待の若手エースがね、ずっとあんたの話をしているのさ。今の自分があるのはパーツ師匠のおかげだって」

「わ、若手エース……あっ！」

思わず大きな声が漏れ出た。

ここまで説明されたら、さすがの俺でも察しがつく。

「気がついたようだね。ちなみに、その子があたしの推薦人。同じパーティーの若手エースであり――あんたの元弟子よ」

「っ⁉」

やっぱりそうだったか。

ノエリー、ミネット、メイに次ぐ四人目の元弟子……一体誰なんだ？

「なんとなく外見の特徴が似ている、魔獣を連れた客が入ってきたから、試しに声をかけてみたんだけど……まさか本物だったとはねぇ」

まじまじと俺を見つめるニーナ。

「でも、きっとビックリするでしょうね」

「えっ？　な、何を？」

「最初はあの子も、あなたを推薦するつもりだったけど、所在どころか生死さえ分からない状態だったから断念したのよ。でも、同じ施設で育ったノエリーという子が必死になって捜していると
いう話を聞いて、あの子も独自で調べ始めていたようだけど」

「そ、そうだったのか」

あの子もそこまで俺のことを――って、あの子って……

「その子はなんていう名前なんだ？」

「名前は――フィオナよ」

「フィオナ……ああっ！　あのフィオナか！」

思い出したよ。

そうか……フィオナは冒険者になっていたのか。

俺の元弟子――フィオナ。

褐色《かっしょく》の肌とショートカットの緑髪が印象的な子で、とても活発な女の子だった。

当時、俺の弟子には男の子が二人いたのだが、フィオナはノエリーやミネットたちより、その男の子たちの方が性格的に合うって感じだったな。

女の子は魔法に憧れを持つケースが多いのだが、彼女は剣術とか格闘術に強い関心を持っていた。人一倍、「強くなりたい」という願望が強かったのだ。

そのためか、一人称は「俺」だったし、それでよくミネットに言葉遣いを注意されていたっけ。

残念ながら、俺はそのどちらも専門家ってわけじゃなかったから、基礎的なことしか教えてやれなかったけど、フィオナは呑み込みが早くてあっという間に上達していった。

向上心が強く、いつも前向きで明るい。

どこか人を惹きつける魅力を持ったリーダー気質の女の子。

それがフィオナだった。

「あの子が冒険者に……」

しかもまさか三つ星《トリプルスター》の評価を受ける冒険者パーティーに所属しているとは。

驚く半面、どこか納得した自分もいた。

彼女の幼少期を知る身としては、その手の仕事は天職なんじゃないかって思えるよ。パーティー内での評判もよく、実力も伴っているみたいだし。

「そうか……フィオナも元気でやっているのか……」

俺はその事実だけで嬉しかった。

フィオナは教会にいた弟子たちの中で、もっともメンタルが強かった。

自分も辛い境遇であるはずなのに、どんな時も明るく仲間を励《はげ》ましていた。ノエリーがエヴェリンに捕らえられた時も、ミネットと一緒になって勇敢にも立ち向かった姿は今も鮮明に覚えている。

だが、いつかその反動が来るんじゃないかって心配していた。なので、ニーナのパーティーでうまくやれていると聞いて、思わず安堵のため息を漏らしてしまった。

同時に、成長したフィオナと会ってみたいという願望が湧いてきた。

その気持ちをニーナにも伝えるが、残念ながら彼女は現在国外にあるダンジョンに挑戦中らしい。

そういえば、まだ会えていないメンバーのうち、城に勤める一人以外は、今は国外にいるって言ってたっけ。

そのダンジョンというのが――

「ここから真東にある、コーベット王国のアンデルトンという町にあるダンジョンよ」

「アンデルトン……？」

それって確か、ノエリーたちが向かうって話の町の名前じゃないか。

「その町に何かあるの？」

こちらの態度に違和感を覚えたのか、ニーナが声のトーンを少し低くし、真面目な雰囲気を漂わせながら尋ねてくる。

「いや、ノエリーから聞いたんだが、どうも騎士団がその町で何かをしているらしい……」

「騎士団が？」

その瞬間、ニーナの表情が一変する。

さっきまではただの酔っぱらいって感じだったが……なるほど。一瞬だけ見せたあの眼光の鋭さは、並みの実力者では出せないものだ。

フランクな態度で忘れそうになっていたが、彼女は一流冒険者パーティーのリーダーなんだよな。

久しぶりに背筋がゾクッとしたよ。

「そいつはどうもキナ臭いわね……うちのほうも、一部メンバーがダンジョンに向かったはいいけど連絡が取れなくなってね。それでフィオナを送ったんだけど……どうやらあたしたちも出張った方がよさそうね」

ニーナは席を立つと、俺の肩に手を添える。

「あんたも来る？」

「えっ？」

「その話は騎士団にいるノエリーから聞いたんでしょう？　だったら、彼女にも危機が迫っているかもしれないわよ？」

「ノエリーに？」

たしか、騎士たちが苦戦してるって話だったし、向こうで何か想定外の出来事が起きたというのは間違いないだろう。

まあ、ノエリーには鋼鉄魔人《アイアン・レイス》もついているし、何より彼女自身の実力も相当だ。

ちょっとやそっとのことでは窮地《きゅうち》に陥るという事態にはならないはず——が、問題は同行している新米の部下たちか。

「……俺も一緒に行くよ」

「そう言うと思ったわ。それじゃあ、私たちの拠点に案内するわ」

「了解だ」

こうして俺は、ニーナがリーダーを務める冒険者パーティー【黒猫《ブラック・キャッツ》】に同行する運びとなった。

第五章　ダンジョンに潜《ひそ》む者

勘定を終えて店を出ると、早速彼女の案内で【黒猫《ブラック・キャッツ》】の拠点へと移動する。

「なんだかおかしなことになってきたな」

「勝手に動いて大丈夫なのか？」

「あの姐《あね》さん、只者《ただもの》じゃないっすよ？」

「その辺の制限は受けていないし、何より彼女も俺と同じ召集された者……その彼女に同行するんだから問題はないだろう」

ニーナの後ろをついていきながら、俺はシロン、クロスとひっそりと緊急会議を行う。

悪い人ではなさそうだし。

しばらく歩くと、赤い切妻《きりづま》屋根の建物の前でニーナの足が止まる。

どうやらここが【黒猫《ブラック・キャッツ》】の活動拠点となっている場所らしい。

そして扉を開けるなり、ニーナは仲間たちを呼んで、すぐにアンデルトンへ発つと告げる。

それからすぐに準備が始まったのだが——ここで俺はある事実に気づく。

「……ニーナ」

「何かしら？」

「あそこにいるのが……君の仲間か？」

「そうよ。美人揃いでしょ？」

「えっ？　あ、あぁ……」

ニーナの言うように、集まっているのは美人ばかり。よくもまあこんなに集めたものだと感心してしまうが、俺が驚いているのはそこじゃないんだよなぁ。

「もしかして……君のパーティーは女性限定？」

「あらぁ？　知らなかったの？　うちは男子禁制。秘密の花園《はなぞの》ってヤツよ」

ニヤニヤと笑いながらこちらを見るニーナ。

彼女たちは三つ星《トリプルスター》の冒険者パーティーだ。採集クエストをメインに活動している三流冒険者の俺には無縁の存在であるため、どのようなパーティーなのかまでは把握していなかった。

まあ、大陸でも五指に入る実力者たちが揃っているということもあって、かなりクセが強いと噂で聞いたことはあったが……それにしても、女性だけのパーティーとは夢にも思わなかった。

確かにクセは強い。

世界中探しても、男子禁制の冒険者パーティーなんて他にお目にかかれないだろうからな。

「女性だけとは……不便はないのか？」

「何もないわね」

ニーナは即答した。

さらに詳しく話を聞くと、彼女のパーティーにいる女性たちは、違法な奴隷商《どれいしょう》に捕まっていた者や戦争によって孤児《こじ》になってしまった者など、辛い過去を背負っているのだという。

そして似たような境遇の人たちを保護し、あるいは仲間に加え、あるいは自立を助けているんだそうだ。

だから……フィオナもこのパーティーに入ったのかな。

いつだったか、あの子は俺に「将来は自分と同じような境遇にある人を救いたい」って言っていた。それはニーナのやっていることと共通している部分——きっと、彼女は共感を得てこのパーティーに入ったのだろう。

「リーダー！　準備整いました！」

「ご苦労様」

報告しに来た若い子の頭を撫でるニーナ。

このほのぼのとした空気……とても冒険者パーティーとは思えないな。

冒険者パーティーっていえば、俺が最初に所属していたところもそうだったけど、もっとこう、むさくるしくて男臭く、仲間同士でも気を許し合えないようなイメージが強い。

一応、そこも一つ星《シングルスター》の冒険者パーティーだったが、そこで頭打ちって感じだったし。殺伐とした空気を出すリーダーのやり方には「これでいいのか？」と懐疑《かいぎ》的な意見を持っていた。

彼女たち【黒猫《ブラック・キャッツ》】のやりとりを眺めていると、真の一流はこういった和やかな雰囲気なんだなと改めて感じるよ。

「さあ、あんたはこっちへ。今から出れば明日のうちにアンデルトンに到着できるはずよ」

ニーナはそう言って、俺を馬車に手招きする。

「分かった。ありがとう」

「いえいえ。それより、あんたの魔獣は――」

「何も問題はない。しっかりついてこられるよ」

「そうそう」

「心配は無用だ」

「ふふふ、頼もしいわね」

最初は喋る魔獣にちょっと警戒している様子だったけど、今はもう慣れたものだな。

さて、向こうで何もなければいいんだけど……

◇　◆　◇　◆　◇

ほぼ一日をかけて、俺たちはアンデルトンの町へと移動。

この町の周辺には複数のダンジョンがある。それを目当てにやってくる冒険者を相手に商売をやって繁栄してきたのだ。

しかし、大陸屈指の冒険者パーティーである【黒猫《ブラック・キャッツ》】のメンバーや、大国セラノスの騎士たちが苦戦している状況らしいのだが……到着して周りの様子をうかがう限りでは、特にこれといった異常は見受けられなかった。

「……どう思う？」

「騒動の現場はここじゃないようね」

ニーナも俺と同じ考えのようだ。

となると……可能性があるのは――

「やっぱり、トラブルの根源はダンジョンかしら」

「恐らく」

まあ、そこしかないよな。

だがダンジョンを探すとしても、いくつもあるうちのどこから手をつけたらいいものか――と、悩んでいたら――

「おい！　北のダンジョンの騒ぎがさらに拡大しているらしいぞ！」

「マジかよ！　そろそろとんずらするか？」

「だな。巻き込まれるのはごめんだぜ」

近くにいた冒険者たちが、そんな話をして慌ただしく走り去っていく。

俺がニーナへ目配せをすると、彼女も彼らの話を聞いていたようでバッチリ目が合った。

「どうやら、目的地は決まったようね」

「あぁ。――北のダンジョンだ」

トラブルはそこで起きている。

それも、冒険者が逃げ出してしまうくらいの事態らしい。

裏を返せば、そこに間違いなくノエリーたちもいる。

「余計なお世話かもしれないけど……油断は禁物よ」

「奇遇だな。俺もそれを――いや、なんでもない」

彼女は超一流冒険者パーティーのリーダーだ。

実績のない俺とは違い、彼女はこれまでの功績からフィオナに推薦されて王都に来た本物の実力者――俺とはそもそも地力ってものが違う。心配するまでもないか。

というわけで、今日の宿の手続きなどは一部のパーティーメンバーに任せて、ニーナと残りのメンバーで、北のダンジョンへと向かうことにした。

「地図によれば、このまま真っすぐ進んであの小高い丘を越えたら、目的地が見えてくるはずです」

「分かったわ」

そうして北のダンジョンを目指すのだが……距離が縮まるにつれて、すれ違う冒険者の数も増えていく。よく見ると、中には怪我をしている者もいた。

「……ダンジョン内に厄介《やっかい》な魔獣でも現れたのか？」

「どうもそうらしいわね」

短い言葉で返事をしたニーナだが、その声は明らかにこれまでのものとは違った。緊張感というか、気持ちを引き締めていることが伝わってくる。

俺も警戒をしなくちゃいけないな。

シロンとクロスには目配せをしておく。

それだけで十分意思疎通ができるのだ。

さらに進むと、いよいよダンジョンの入口が見えてきた。

周辺には冒険者たちが設営したテントもあり、賑わいも増していくが――とにかく負傷者の数が目立つな。

「こりゃひどい……」

「相当手強い魔獣がいるみたいね」

まるで野戦病院だ。

これだけいると、「もしかしたらノエリーたちも」と不安を覚えたが、彼女と鋼鉄魔人《アイアン・レイス》の強者コンビならばよほどの相手でない限りおくれを取るようなことはないはず。

……それでも、やっぱり心配だな。

「魔獣が相手なら、フィオナの相棒が頼りになるわね」

「なるほど。――え、相棒？」

あれ？

それってやっぱり……フィオナも魔獣と契約を交わしているということか。

ここまで再会した弟子たちは、みんなSランク魔獣をパートナーにしていたな。

ひょっとして……フィオナもそうなのか？

「なあ、ニーナ」

「何？」

「フィオナの連れている魔獣ってどんなヤツなんだ？」

「……気になる？」

もったいぶったような態度ではぐらかすニーナ。

「当然だ。元弟子だし、何より同業者であるテイマーとして興味がある」

「それはそうでしょうね。――けど、今は秘密。フィオナは、いつかあなたに自分のパートナー魔獣を見せたいってよく言っていたのよ。だから、あの子が直接教えた方がいいと思って」

ぐっ。

それを言われてしまうと、これ以上追及できないじゃないか。

個人的にはめちゃくちゃ興味があるんだが……フィオナがそんな風に思っていてくれたことが何より嬉しかった。ますます再会するのが楽しみになったよ。

俺とニーナ率いる【黒猫《ブラック・キャッツ》】の面々は、怪我人で溢れかえるダンジョン付近を通り抜け、いよいよ入口へと接近。

ここまで来ると、セラノス王都から派遣された騎士団の人間も姿を見せ始め、より緊迫した空気が漂っていた。

しばらく歩いていると、騎士たちの中に見知った顔がいた。

「バ、バーツ殿!?」

「デリック？　それにみんなも。こんなところで何を――って、仕事か」

ノエリーと一緒にアンデルトンへ向かったのだから、仕事に決まっているか。

それにしても……近くにノエリーの姿はないようだし、どうにもみんなの表情が冴えない。

あまり想像したくはないが、決していい事態というわけではないようだ。

そしてそれは、周りに溢れかえる怪我人たちと大きく関係しているだろう。

俺が考え込んでいると、デリックが焦った様子のまま尋ねてくる。

「ど、どうしてバーツ殿がここへ？」

「いろいろと事情があってな。今はこちらの冒険者パーティーと行動をともにしている」

「えっ？　――っ!?　ブ、【黒猫《ブラック・キャッツ》】!?」

ニーナの姿を確認すると、デリックたちは驚きの声をあげる。

さすがに接点はないとはいえ、三つ星《トリプルスター》の冒険者パーティーは知っているらしいな。

あっ、でも、ノエリーとフィオナの仲を知っていたら彼らと面識があってもおかしくはないのか。

そう思っていたが――

「ど、どうしてバーツ殿が【黒猫《ブラック・キャッツ》】と一緒に……？」

おや？

その口ぶりだと、ノエリーとの関係は知らないらしいな。

あと、彼女が俺と同じく、新しい国防組織の幹部候補だという話も知れ渡ってはいないようだ。

この辺は、騎士団内とはいえ限られた人にしか伝えられていない情報かもしれないな。

「まあ、いろいろあるんだけど……それより、ノエリーはどうした？」

「そ、それが……」

デリックたちの視線は、一斉にダンジョンの入口へと向けられた。つまり、彼女はまだダンジョンの中にいるってことか。

しかし、だとしたら気になる点がある。

「なぜ、ノエリーだけがダンジョンに？」

「……分団長の命令です」

「命令？」

ノエリーが彼らを退避させた？

となると……デリックたちでは手に負えない相手がダンジョンに潜んでいるってわけか。それなら周りが怪我人だらけというのも合点がいく。

「なかなか手強い相手らしいね……どうする？」

「とりあえず、少数精鋭でいこう」

「なら、あたしとあんたの二人でいいね」

「いや――俺は一人じゃない。テイマーだからな」

「ふふっ、そうだったわね」

俺には頼れる相棒たちがいる。

シロンとクロス。

これまでもさまざまな困難をともに乗り越えてきた。

まあ、ほとんどは危険性の低い採集クエストでの話だが……その実力は紛れもなく一級品。Ａランクのグリフォン相手にも堂々と渡り合えるくらいだからな。

「リ、リーダー、私たちも何かお手伝いを」

「なら、ここであたしたちの帰りを待っていて。可愛い子が帰りを待っていると思うと張りきれるから」

「は、はい！」

声をかけられた女の子はうっとりとした表情を浮かべている――もしかして、ニーナはそっちの気《け》があるのかも？

「バーツ殿、我らはどうすれば……」

「デリックたちもこの場で待機だ。俺たちにもしものことがあったら、すぐに王都へ戻ってラングトン騎士団長へ報告を頼む。メイやミネットの力を借りなくちゃいけなくなるだろうな」

彼女たちが連れているSランク魔獣は、どちらもバリバリの戦闘タイプ。俺たちでは敵わなかった相手であっても対応できるはずだ。

デリックとAランクのグリフォンも戦力としてカウントできそうだが、彼らはまだまだ実戦経験が乏しい。

ダンジョンって場所には、不測の事態がつきものだ。

咄嗟《とっさ》にベストな判断を下さなくてはならない場面に出くわすかもしれないし、何より彼はまだ若く伸び代十分。

焦る必要はない。

ここで下手に首を突っ込んで大きな負傷につながってしまうより、今は彼にとって何がベストなのかを考え、それに応じた仕事をしてもらおう。

最初は俺の言葉に不満げだったデリックだが、すぐに頷いてくれた。

きちんと言葉の意図は理解しているようだし、何よりついていくにはまだまだ経験不足であると、本人が誰よりも自覚しているのだろう。

自分の弱さを知って自重できるのは素晴らしいことだ。

変なプライドに押し負けて判断を誤り、取り返しのつかない事態に発展した……って冒険者をこれまで何人も見てきたからな。

そしてそんなデリックの肩を、ロバートたち若手テイマーの仲間が、慰《なぐさ》めるように叩いていた。

本当にいいチームだな。

「そちらの準備は整った？」

デリックたちの結束力に頼もしさを感じていると、ニーナがやってきた。

「問題ない。すぐにでも出発できるよ」

「じゃあ、行きましょうか」

俺たちは意気揚々とダンジョン入口へと向かうが、すぐに騎士たちがやってきて「危険だから下がれ」と怒られてしまった。

しかし、俺やニーナが名乗ると、その態度は綺麗に反転し、協力的なものへと変わった。

どうやら彼らは、俺たちが新しい国防組織の幹部候補であると知っていたようだ。

しかし、候補というだけでこんなに期待されるとは……名のある冒険者パーティーのリーダーを務めているニーナならまだ分かるけど、俺みたいな三流テイマーにはちょっと荷が重いかもなぁ。

ともかく、許可も下りたので中へと入る。

……思えば、こうしてダンジョンに足を踏み入れるのは久しぶりだな。

この世界には数え切れないほどのダンジョンがある。具体的な数は公表されていないが、少なくとも千ヵ所以上あるらしい。

それでいて、まったく同じ構造を持ったダンジョンはこの世にふたつと存在しないという。

だから、このダンジョンも、かつて俺がよく入っていたあのダンジョンとはまったく違う特色を有しているに違いない。

今回はフィオナが事前に情報を集めており、それをリーダーであるニーナと共有しているということで、大体の情報は手に入れている。

だからといって安心はできない。

人払いがされているだけあり、内部は静まり返っていた。

まあ、あまり騒がしいダンジョンというのも聞いたことがないんだが、それとは違った異質の静けさというか……まるで別世界にでも入り込んでしまったのではないかと錯覚してしまうくらいの不気味さだった。

「こんな気配は初めてね……」

三つ星《トリプルスター》の冒険者として、これまで数々のダンジョンを制覇してきたニーナ。そんな彼女でさえ、その異様さに顔が引きつっている。

彼女だけではない。

周りを警戒するように見回しているシロンとクロスの表情――怖いもの知らずの二体がこれほど緊迫した空気を漂わせるなんて……どうやら、俺も想定以上に気を引き締めなくてはいけないようだ。

警戒心を強めながら、俺たちはダンジョンの奥へと進んでいく。

ちなみに、ここまで誰一人として冒険者と遭遇《そうぐう》することはなかった。どうやらみんなとっくに逃げ出したようだな。

屈強で荒くれ者が多い冒険者が逃げ出してしまうほどの相手か。

一体、どんなヤツなんだろうか。

「む？　誰かいる？」

しばらく歩いた俺の視界に、人影が映った。

近づいてみると――

「っ!?　ノエリー!?」

「えっ！　ししょ――バーツ殿!?」

俺も驚いたし、ノエリーもビックリして目を見開いている。そりゃあ、彼女からすれば俺は王都で留守番をしていると思っているだろうからな。

彼女のすぐ横には鋼鉄魔人《アイアン・レイス》のアインが付き添っているようだが……とりあえず、負傷している様子はなさそうでひと安心だ。

「何があったんだ？」

ノエリーは、このダンジョン近くで起きている一連の事件について、一昨日より詳しく説明をしてくれた。

曰《いわ》く、冒険者たちでは手がつけられないくらい凶悪な魔獣が出現し、犠牲者が続出。このままではギルドの運営にも支障が出るという報告があった。

そのため、アンデルトンのあるコーベット王国ではなく、王都がほど近いセラノス王国が、騎士団から数名を派遣することになった。このあたりは、セラノス王国とコーベット王国が同盟を組んでいるからこそできる方法だな。

ただ、彼らが苦戦しているという報告を受けて、別の隊が再調査に乗り出した——それがノエリーたちの隊だったらしい。

だが、ノエリーは一歩踏み込んだ段階でこのダンジョンの異常性に気づき、中の様子を見るために、デリックら若いメンバーを待機させて一人で調べに来たという。

「ひょっとして……その魔獣と交戦したのか？」

「はい。結果は御覧の通り仕留め損なってしまって……面目ありません」

「謝る必要なんてないさ。君が無事で何よりだ」

「バーツ殿！」

「あの、ちょっといいかしら」

盛り上がっている途中でニーナが割って入る。

その時に初めて、ノエリーは彼女の存在に気づいたようだ。

「あ、あなた……【黒猫《ブラック・キャッツ》】のリーダーの……」

「久しぶりね」

「ど、どうしてここに？」

「えっ？　フィオナを見ていないのか？」

困惑するノエリーに、俺は思わずそんな声をあげてしまった。

てっきり、ノエリーと合流をしていると思っていたが……どうやら、フィオナは単独で動いているらしい。

だとしたら……かなりまずい状況なんじゃないか？

「フィ、フィオナが来ているんですか⁉」

ニーナからの言葉を聞き、大声をあげて驚くノエリー。

この反応を見る限り、やはりフィオナと顔を合わせてはいないようだ。

ただ、ここでもうひとつ新たな可能性が浮上する。

「もしかして……フィオナはダンジョンに入っていないのか？」

「それはないんじゃないかしら」

俺の仮説はあっさりとニーナに否定される。

「なぜそう思うんだ？」

「あの子を幼い頃から知っているあんたなら、その理由がよく分かると思うのだけど？」

「えっ？　――あっ」

幼い頃のフィオナと言われて、ハッとなる。

「ふふふ、分かったようね」

「あぁ……そうだったな。フィオナはそういう子だ」

あの子は、こうと思い込んだらお腹が空くまでどこまでも突っ走っていく。細かいことはあとから考えるのが当たり前。思考よりも先に行動で物事を解決しようとするタイプだ。

そんなフィオナが、ダンジョンに向かった仲間と連絡が取れないからとこの町に来たなら……まず何をするよりも先に、ダンジョンへ突っ込んでいくはずだ。

あと、ニーナにはもうひとつ気になる点があるらしい。

「うちのパーティーメンバーがダンジョン内で行方不明になっているらしいんだけど、どこかで会わなかった？」

「まだダンジョン内に人が？」

「……その様子じゃあ、そっちとも遭遇していないようね」

「は、はい。このダンジョンに入ってから、まだ誰にも出会っていません」

それを聞いたニーナの表情が険しくなる。

「外にもいないみたいだったし、フィオナと一緒にいるのか……あるいは……」

悪い予感が浮かんできたらしく、表情は一層険しくなった。

ここからは時間との勝負になりそうだ。

「いずれにせよ、早く見つけ出さなくちゃいけないな」

ノエリーとアインのコンビが苦戦するほどの相手となれば、俺たちも全力で挑まなければならないだろう。

「そういうわけだから……ノエリー。ここはあたしたちと共闘といかないか？」

「で、ですが、これは私たち騎士団の任務ですし」

「だが、そう言っていられない状況ではあるだろう？」

「うっ……」

ニーナと俺の二人がかりでノエリーを説得。

一度魔獣と交戦している彼女は、その相手がどれほどの実力を持っているかしっかりと理解している。その上で、ニーナが提案したように協力体制を取らなければ討伐という任務を果たせないと察したようだ。

「……分かりました。ですが、これからの行動については私の指示に従ってもら――」

「そうと決まったら早く行こうか」

「あっ！　ちょっと！」

スタスタと歩き始めたニーナを追いかけるノエリー。

「なんというか……緊張感がないな」

「あのニーナって冒険者はそんなに強いんすかねぇ……旦那はどう思います？」

クロスが疑う気持ちも分からなくはない。

そもそもまだ魔獣と戦闘しているわけじゃないから、ニーナの強さは未知数だった。

――ただ、これだけは言える。

「少なくとも、ハンパ者が三つ星《トリプルスター》の称号を得ることはできない。相応の実力を有しているのは間違いないだろう」

「それに、優れた冒険者というのは何も腕っぷしが強いだけで決まるというものではない。総合的に判断した結果、そのような評価がついたのだろう」

「俺もそう思うよ、シロン」

強いだけでは一流と呼べない。

シロンもそこはよく分かっているようだ。

三つ星《トリプルスター》の冒険者パーティーでリーダーを務めているのだから、戦闘力だけじゃなく判断力や戦略など、他者を凌駕《りょうが》する強みがあるのだろう。

「ほらほら、早く来ないと置いていくわよ？　こっちは大切なパーティーメンバーの命がかかっているんだからね。あんたにとっても大事な元弟子でしょ？」

「ああ、今行くよ」

大事な元弟子、か。

その通りだな。

俺はシロンとクロスを連れてニーナのあとを追った。


さて、新たにノエリー&アインという心強い仲間を増やしたわけだが、俺たちの目的はまず何より、フィオナをはじめとする【黒猫《ブラック・キャッツ》】メンバーとの合流だ。

かなり手強い魔獣が潜んでいるらしいので、すぐにでも合流して彼女たちの安全を確保しておきたいが、ここで思わぬ難関が立ちふさがった。

それはこのダンジョンの広さ。

とてつもなくデカいのである。

事前にそういう情報は入手していたが、これほどのサイズは滅多にお目にかかれないぞ。

ニーナからの情報によると、このダンジョンは規模こそ大きいが、これまでに凶悪な魔獣が出現したという報告もないし、驚くような超激レアアイテムがドロップしたというケースもない。言ってみれば初心者用のダンジョンだという。

被害が拡大している背景には、そういった事情——新人が多かったというのもあるのだろう。

熟練の冒険者であれば、周囲の状況から危機的状況を見極める経験値ってものがある。深追いをして余計な怪我をすることもないからな。

あと気になるのは……ノエリーでさえ仕留めきれなかった魔獣の正体だ。

「ノエリー、君が戦った魔獣っていうのはどんなヤツだったんだ？」

「猿人型ですが、腕が四本あって非常に俊敏《しゅんびん》な動きでした。長い尻尾の先端も刃物のように鋭くなっていて、死角から突然攻撃が来るような……とにかく、これまでに戦ったことのないタイプでした」

さすがは分団長。

ただ戦っているだけでなく、相手をよく分析している。

その分析結果によると、スピードを重視した相手らしい。

ノエリーのパートナーである鋼鉄魔人《アイアン・レイス》のアインは見た通りのパワータイプ。ひっかき回されて、うまく対応できなかったようだな。

この辺がランクで測れない相性ってヤツだな。

そうなると、同じスピード型のうちのシロンかクロスの出番になるだろう。

ただ……なぜ突然、そんな凶悪魔獣が出現したのだろうか。

まあ、不測の事態が起きてこそのダンジョンではあるし、ある日突然そんなヤツが出現したとしても「そういうケースもあるのか」って流すのが普通だ。

ともかく、まずはフィオナたちとの合流を急ごう。

それからも、周囲に注意を払いながら、ダンジョンを歩き続ける俺たち。

かなりの距離を歩いたはずだが、それでもまだ先がありそうだ。

「最奥部はまだ遠いようだな……」

さすがにそろそろ疲れてきた。

俺も冒険者の端くれではあるが、普段は採集クエストがメインだし、ダンジョンの奥まで進んだのも、最初に所属した冒険者パーティーの時以来だ。

あとは単純に加齢から来る体力の衰えもあって……いや、このダンジョンが異常に大きいだけだろうな。そう思うことにしよう。

さらに奥へ進むと、前方に光が見えてきた。

「あれ？　光って……」

「外に通じているようね」

このダンジョンで光が見えるということは……ニーナの言う通り、外へとつながっているのだろう。

とはいえ、ここへたどり着く前にノエリーから聞いた情報によれば、ダンジョンの入口は俺たちが入ってきたあの場所しかないという。

「入口が一ヵ所しかないというなら……あの光の先には何があるっていうんだ？」

「行って確かめてみるしかないでしょう？」

「やっぱり、それしかないですよね」

俺たち三人――さらにシロン、クロス、アインは同時に頷き、光の見える方向へと歩き始めた。

果たして、何が待ち構えているのか。

「分かっているとは思うけど、二人とも臨戦態勢はキープしたままで頼むわよ。外に出た瞬間、魔獣の群れが襲いかかってこないとも限らないからね」

「分かりました」

「了解だ」

さすがは一流パーティーのリーダー。

こういう場面でも落ち着いているな。

ニーナのアドバイス通り、警戒態勢を保ったまま光の先へ飛び出した俺たちは、そこで意外な光景を目の当たりにした。

「こ、ここは……」

四方を岩壁《がんぺき》に囲まれた空間。

顔を上げれば、視界いっぱいに雲ひとつない青空が広がっている。

ダンジョン内には、こうして外部のような環境のエリアがあるが、ここもそうなのだろう。

面積としては……かなりあるな。

以前訪れた、セラノス騎士団の演習場に匹敵するサイズだ。

「ダンジョンの真ん中にできた空間か……」

「それにしてはかなり広大ですね」

「この手の地形はあたしも遭遇した経験がないわ」

経験豊富なニーナでさえ初めて見るとなったら、他のダンジョンではそうそうお目にかかれない空間か。

周辺を見回してみると、どうやら今来たルートでしかここへたどり着けないらしい。どのダンジョンにもひとつは存在する、隠し部屋的な場所のようだな。

「とりあえず、もう少し詳しく辺りを調べてみるとするか」

「隠れられそうな場所もないから、何かおかしな点があればすぐに気づけそうね」

ニーナの言うように、この空間は傾斜《けいしゃ》のない平野のようになっており、隠れられそうな場所はない。もしここにフィオナがいるとすれば、少し調べれば分かるはずだ。

手分けして動き出そうとしたのだが、それより先にノエリーが異変に気づいた。

「バ、バーツ殿！　あそこを見てください！」

彼女が指さす先――遠く離れた場所に人影を発見する。

しかも一人じゃないようだ。

「ひょっとして……フィオナか？」

「すぐに確認しに行くわよ！」

俺がフィオナの名前を口に出すと、ニーナが表情を一変させて駆け出した。

やはり、リーダーとしてフィオナのことが気にかかるようだ。それに、今回はニーナ以外にも【黒猫《ブラック・キャッツ》】のメンバー数人がこのダンジョン内にいるって話だったからな。慌てないわけがないか。

俺としても、元弟子であるフィオナの安否は気にかかるところ。

ニーナに遅れないよう、彼女のあとをついていく。

もちろん、ノエリーもあとからしっかりついてくる。

やがて、人影がハッキリと見えてきて、次の瞬間、それまで勢いのあったニーナが突然停止。

その直後――

「グオオオオオオオオオ！」

耳をつんざく咆哮《ほうこう》が轟いた。

さっきまでは大きな岩かと思っていたのだが、どうやら人影の前方にある影は魔獣だったらしい。

おまけにそいつは猿人型――つまり、ノエリーが苦戦した魔獣と同一個体のようだった。

「あいつです！　私が仕留め損ねたのはあの魔獣です！」

「やはりか」

直接戦っているノエリーはすぐに気がついたようだ。

体長は五メートルくらいか。

燃え盛るような真っ赤な体毛に濃緑《のうりょく》の瞳。

腕が四本あって、長い尻尾の先端も刃物のように鋭くなっているという、ノエリーの報告にもピッタリと当てはまる特徴を有していた。

ということは、ダンジョンの入口付近で負傷していた冒険者たちはヤツにやられたってわけか。

「なるほど……こいつは手強そうだ」

戦わなくても、まとう気配で尋常《じんじょう》ではない強さだというのは伝わってきた。

ノエリーはスピード面を強調していたが、あの様子だとパワーもかなりありそうだ。Sランクの鋼鉄魔人《アイアン・レイス》だからこそ渡り合えているのだろうが、恐らくクロスでは力負けしてしまうだろうな。

そのクロスと、隣にいるシロンも、あの猿人型魔獣の秘めている力を感じ取ってピリピリとした緊張感に包まれている。

仮にヤツを魔獣としてランクをつけるなら、S寄りのAランクってところかな。

そう簡単に倒せる相手じゃない。

こうなってくると、心配になるのはあの魔獣の前方にいる複数の人影。

逃げる機会をうかがっているのか、はたまたビビッて動けないだけなのか。

いずれにせよ、その人影は誰一人としてその場を動こうとはしていなかった。

「な、なぜ動かないんですか!?　このままだと標的になっちゃいますよ!?」

疑問をストレートに口に出すノエリー。

その答えは——行ってみなければ分からないだろう。

「向こうには向こうの事情があるんだろう。……しかし、放置しておくのは非常に危険だ」

「そのようね」

ニーナは一歩前に踏み出して、魔獣を睨みつける。

「あの子たちを守るためにも、あの魔獣はここで始末をしておく必要があるわね」

どうやら、ニーナは戦う気らしい。

まあ、俺としてもノエリーの任務内容が彼女の狙いと同じようだし……ここはひとつ共闘といこうか。

正直、シロンとクロスだけでは厳しい戦いが想定される。

しかし、ノエリーのパートナー魔獣であるアインと連携していけば活路を見出せるはずだ。

俺たちは魔獣へと接近。

向こうもそれに気づいたようで、「ガウ！　ガウ！」と叫びながら四本の太い腕を振り回して威《い》嚇《かく》してくる――が、どうも様子がおかしい。

なんだか、動きに違和感がある。

そう思ってさらに近づくと、衝撃の事実が明らかになる。

「なっ⁉」

思わず叫び声が漏れてしまう。

猿人型魔獣の動きが不自然に見えたのは――その魔獣よりもさらに巨大な銀色の蛇《へび》が、その全身に巻きついていたからだ。

「ど、どうなっているんだ、これは……」

巨大魔獣同士の戦い。

巻き込まれたら間違いなく命を落とす危険な状況でありながら……俺は突如現れた銀色の蛇の美しさに視線を奪われていた。

「旦那ぁ！　何やってんすか！」

「暴れる猿に踏みつぶされるぞ！」

「っ⁉」

クロスとシロンの叫び声でハッと我に返り、俺は二大魔獣から距離を取る。

それより……さっきの人影は――

「バーツ殿！　あれを！」

少し離れた位置から、ノエリーが魔獣たちの足元を指さす。

そちらへ視線を移すと、そこには二人の女性が地面に座り込んでいた。

最初は危険だと叫ぼうとしたが、先ほどよりも距離も縮まったおかげで二人の顔をハッキリと確認できた。その結果――

「フィオナ！」

一人は間違いなくフィオナだった。

俺の知っているフィオナよりずっと成長していたが、顔には面影が残っている。そしてもう一人、十代後半くらいの女の子が震えながら、彼女にしがみついていた。

恐らく、あの子が【黒猫《ブラック・キャッツ》】のメンバーだろう。

どうやら、フィオナは負傷したメンバーの子を守っているようだが……昔から、あの子はそうだった。正義感の強い姐御肌《あねごはだ》で、困っている子は放っておけないタイプだ。大人しかったメイには常に声をかけていたっけ。

――って、懐かしさに浸っている場合じゃない。

なんとかして援護したいところではあるが、それより気になった点がある。

フィオナはその場から抜け出そうとする素振《そぶ》りを見せないのだ。あれだけ巨大な魔獣が二体もすぐ近くで暴れているにもかかわらず、だ。

それに……なんだ？

魔獣のすぐ近くにいながら、彼女の表情に焦りの色は一切見えない。

まるで、自分たちは攻撃されないと分かりきっているかのような――

「ま、まさか……」

ノエリーでさえ苦戦したあの猿人型魔獣を一方的に締め上げていく銀色の大蛇。

もしかしたら……あれは――

「フィオナのパートナー魔獣……？」

ノエリーの鋼鉄魔人《アイアン・レイス》。

ミネットの植物人形《プラント・ゴーレム》。

メイの亡霊竜《ファントム・ドラゴン》。

そして、フィオナのパートナー魔獣は——あの銀色の大蛇なのか。

猿人型の魔獣を締めつけて動きを封じている銀色の大蛇。

わずかに魔力をまとうそいつがフィオナのパートナー魔獣だとするなら、彼女たちが逃げ出さなかった理由も説明がつく。

あの蛇は、フィオナたちを守るために戦っているのだ。

しかし……銀色の大蛇、か。

サイズだけなら、これまで見てきた元弟子たちのどの魔獣よりも大きい。というか、あれ以上にデカい魔獣をテイムするのは困難だろう。

それをやってのけるとは……フィオナ自身の実力も相当なものなのだろう。

「グガ、ガ……」

大蛇を振り払おうと暴れていた猿人型魔獣だが、ついにその体力は尽きようとしていた。

動きと声が小さくなり、やがて膝をつき、最終的にはドスンと音を立てて横になり、それからは指一本動かさなくなる。

「や、やった……」

ノエリーとアインのコンビでさえ苦戦を強いられた猿人型魔獣を、傷ひとつなく倒した銀色の大蛇――あの魔獣はもしかして……

「雪蛇《スノー・スネーク》……か？」

噂には聞いたことがある。

雪と氷に覆《おお》われた大地に生息する大蛇。

獲物を捕らえるため、周囲の雪景色に溶け込みやすいよう、全身が銀色をしている。そもそも人間も軽々と呑み込んでしまうため、目撃者が生きて帰れないから情報が少なく、実在すら疑われるほどだ。

俺も実物を見るのは初めてだが……こいつは凄いな。

おまけに、この雪蛇《スノー・スネーク》もノエリーの連れている鋼鉄魔人《アイアン・レイス》と同じSランク。

Sランク魔獣というのは世界的にもそうそう見かけないし、仮に発見してもテイムは超がつくほど困難なはずだが、これほどの数を短期間に目撃してしまうと、なんかそうでもないんじゃないかって勘違いしそうだ。

「フィオナ！　アリーネ！」

猿人型魔獣が倒されたのを確認すると、真っ先に動き出したのはニーナだった。

それに続いて、俺とノエリーもフィオナたちのもとへ駆け寄る。

「あ、あれ？　リーダー？」

自分たちよりも遥《はる》かに大きい魔獣たちが目の前で戦っていたとは思えないくらい、フィオナはあっけらかんとした口調で言う。

そして、ニーナの背後から走ってくる俺とノエリーを視界に捉えたのだろう、大声で叫ぶ。

「えっ⁉　バ、バーツ師匠⁉」

「久しぶりだな、フィオナ。元気そうで何よりだ」

「えっ？　えぇっ？　な、なんで師匠が――えぇっ⁉」

パニック状態に陥るフィオナ。

少し驚かせすぎたかな？

「フィオナ、落ち着いてください」

「あっ、ノエリーもいたんだ」

「……私を見た途端、急激に落ち着くのも腹が立ちますね。せっかくあなたたちを助けに来たというのに」

「はっはっはっ！　そう怒るなよ！　おまえが来てくれて俺は嬉しいよ！」

不満そうに口を尖《とが》らせるノエリーに対し、明るく笑い飛ばすフィオナ。

このやりとり……昔とちっとも変っていないな。自分を「俺」と言っているのも昔のままだ。

ミネットにしろ、メイにしろ、みんな外見は成長して変わっているが、性格の根っこの部分は子どもの頃とまったく変わっていない。

あの頃の純粋な子どもたちがそのまま大人になったようで、なんだか嬉しい気持ちになったよ。

「っと、そうだった！　感動の再会はとりあえず後！　それより、早くアリーネの怪我を治療しないと！」

フィオナのすぐ近くには、負傷した仲間――アリーネと言うらしい――がいた。

どうやら足を怪我して動けないようだ。

すぐに彼女を運び出すべく、ダンジョンの外へ向かおうとした時だった。

「っ⁉」

俺は強烈な気配を感じ取って振り返る。

一瞬のことだったので誰も気づいてないようだが……間違いなく、ここにはまだ何かが潜んでいる。

「な、なんだ……？」

正体不明の気配に不安を覚えつつ、俺たちはこのダンジョンからの脱出に向けて、来た道を戻るのだった。

俺は移動しながら、アリーネの様子を確認する。

詳しく診察したわけじゃないが、アリーネの傷は思ったより深い。フィオナによって止血の処置が施《ほどこ》されているものの、出血自体が止まっているわけじゃなさそうだ。

これは一刻を争う事態だ。

おまけに、ここは外とはいえダンジョンの一部であるのは変わらない。

もしかしたら、まだ凶悪な魔獣がどこかに潜んでいるかもしれない。すぐにでもこのダンジョンを抜け出そうと足を進めていたが……俺はある気配を感じて足を止める。

そう、さっきと同じ気配だ。

そんな俺に、フィオナが首を傾げる。

「？　どうかしましたか、師匠」

「いや……ちょっとな」

「何か気になるなら、俺が見てきましょうか？」

「大丈夫だ」

フィオナの提案を俺は断る――が、やはり気になるな。とはいえ、戻るわけにもいかず、ともかく今は怪我人の治療を最優先にしようと、ダンジョン内へと続く入口へ近づいていく。

するると、前を歩いていたニーナやノエリーたちが立ち止まっていた。

「どうしたんだ？」

俺が声をかけたその時、目の前の異様な光景に、俺もクロスもシロンも動きがピタリと止まってしまう。

なぜなら——

「なっ……」

俺たちの前に現れたのは、先ほど倒したはずの猿人型魔獣だったからだ。

恐らく、あれはさっきフィオナの雪蛇《スノースネーク》が倒したものと別個体だろう。

その証拠に、俺たちの背後ではその個体である猿人型魔獣が未だに横たわっていて、動き出す気配がない。

——そして問題は、俺たちの行く手を阻む猿人型魔獣の数だ。

「い、一体だけじゃなかったのか……」

あの巨大な猿人型魔獣が全部で十五体もいる。

さすがにこれは多すぎる。

というか、一体どこに隠れていたんだ？

短期間のうちに自然発生した数とは思えない。何者かが何らかの意図をもって、このダンジョンに放したのか？

「ど、どこに隠れていたんだよ、こいつら！」

「……恐らく、岩壁の上だろうな。ヤツらの身体能力なら、あれくらいの壁を登るなど造作もないだろう」

クロスの絶叫にシロンの冷静な解説――いつもながら、対照的だな。

なんて、妙に冷静さを出している場合じゃなかった。

ヤツらはすぐに襲いかかってくることはない。

警戒しているのはフィオナの連れている雪蛇《スノースネーク》だろう。

群れを形成して活動するタイプの魔獣は、互いに情報を共有しているはず。

だから、ノエリーの連れているアインが、自分たちを苦手としているパワータイプの魔獣であるというのは伝わっているはずだ。

先ほどの戦いで猿人型魔獣を圧倒していた雪蛇《スノースネーク》だが、それはあくまでも一対一の場合。複数での戦いとなると状況が変わってくる。

うちのシロンやクロスでも……ヤツらの相手は難しいだろう。アインと協力して戦っても全滅は難しそうだ。

「旦那……」

「主……」

どちらも状況をしっかり把握している。

自分たちの力では、この追い込まれた事態を打破できないと。

「…………」

どうすることもできないのか……？

このまま、ここでヤツらに食い殺されるのか？

なんとかしなければと考えを巡らせていた――その時だった。

「っ!?」

まただ。

またあの気配を感じた。

口ではうまく説明できない――何なんだ？

未知の感覚とも言えるし、どこか懐かしさもある。

……俺は知っている。

この感覚を……俺は以前どこかで――

「グガアアアアアアアアッ！」

記憶をたどっているうちに、一体の猿人型魔獣が飛びかかってくる。

「逃げるのよ！」

ニーナが叫び、それに合わせて全員がその場から飛び退いた。負傷者はフィオナが運んであげているが、やはり動きが鈍い。

それを見抜いた魔獣は、狙いを彼女たちに定めたようだ。

「くそっ！」

勝算もないのに二人を助けようと俺は駆け出す。

俺はどうなってもいいが、せめて将来のあるノエリーやフィオナたちは助けたい。

その一心で、俺は提げていた剣を手に駆け出す。

「みんな！　今のうちに逃げろ！」

そう叫びながら、猿人型魔獣へと突進。

ノエリーやフィオナが「ダメ！」と叫ぶのも聞かず、一心不乱に突っ込んでいく。

シロンやクロスも俺の咄嗟の行動を読めなかったようで、その場に立ち尽くしていた。

こちらの動きに気づいた猿人型魔獣の数体が飛びかかってくる光景が見えた瞬間、もうダメだと思ったが――

ゴォッ！

そんな音が聞こえたかと思ったら、目の前に迫っていた猿人型魔獣たちが激しい炎に包まれた。

「なっ⁉」

仲間の誰かが魔法を使った形跡はない。

いや、そもそも、この場にあれだけの数の魔獣を一度に葬《ほうむ》れるだけの火力を持った魔法を扱える者はいないはずだ。

じゃあ、誰があの炎を？

そんな素朴《そぼく》な疑問が脳内に浮かんだ直後、突如辺りが暗くなった。

ここはさっきまで空が見えていて、天候は快晴だったはず。あまりにも不自然な現象はなぜ起きたのか――原因を知るために視線を空へ向けた俺は、思わず絶句する。

頭上には、巨大な鳥が羽ばたいていたのだ。

翼を大きく広げたその鳥は、全身が燃え盛る炎のように真っ赤な羽毛で覆われ、鋭く細められた眼光で魔獣たちを睨みつけている。

しかし……なんてデカさだ。

人間より遥かに巨大な猿人型魔獣がまるで子猿のように見えてしまうサイズ差だ――が、魔獣に怯む様子はない。

「「グオオオッ！」」

一瞬にして灰となった仲間の敵討ちをするように、猿人型魔獣は巨鳥に飛びかかっていく。

相手はかなり高い位置にいながらも、猿人型魔獣たちの常軌を逸した跳躍力《ちょうやくりょく》により、手の届くまでに接近する。

「危ない！」

気がつくと、俺は巨鳥を心配して叫んでいた。

……なぜだ？

なぜ俺は叫んだんだ？

確かに、あの巨鳥は俺たちを助けてくれた――ようになっただけで、それは偶然のことだったかもしれない。もしかしたら、猿人型魔獣たちをエサと認識し、結果的に助けられた格好になっただけとも考えられる。

それでも……俺はなぜか、あの巨鳥に恐怖心を抱かなかった。

いや、むしろ、どこか安心さえしている。

古くから付き合いのある、頼もしいパートナー魔獣がそばにいてくれるような感覚に近い。

そんなことを思っていると、巨鳥は迫る猿人型魔獣たちを迎え撃つように突っ込んでいく。

すると、巨鳥の全身を覆う赤い羽毛はメラメラと燃える炎へと変化する。そして飛びかかってきた猿人型魔獣たちはそれに触れた途端、炎上して苦しそうなうめき声をあげながら灰となっていった。

「す、凄い……」

真っ赤に燃える羽を持つ巨鳥の強さに、俺は茫然となる。

巨鳥は魔獣の全滅を確認すると、顔をこちらへと向けた。

すると、突然バッと翼を広げ、それにより当たり一面に火の粉が飛び散った。

最初はそれを避《よ》けようとしたのだが、なぜか体がそれを拒む。その炎は肌に触れても熱さを感じず、むしろ安らぎを覚える。それどころか体の疲労が取れるような気がした。

「し、師匠！　アリーネが！」

炎を見つめていた俺に、フィオナが声をかけてきた。

振り返ると、先ほどまで辛そうだったアリーネの顔つきが穏やかになり、出血も止まっているようだ。これもすべてはあの炎のおかげか。

それにしても……アリーネが負傷していると理解し、巨鳥はあの治癒《ちゆ》効果のある炎を使ったのか？

もしそうなら、契約を結んでいるパートナーからの指示かもしれない。

俺は真実を知るため、魔力を高めていく。

目の前の魔獣が他のテイマーと契約を結んでいるかどうかは、テイマーであれば魔力を使って調べることができる。

その力を利用して、あの魔獣を調べてみたのだが、なんとまだ誰とも契約をしていないと発覚した。

じゃあ、この魔獣は一体……多くの疑問を残す魔獣をジッと見つめていたら、信じられない事態に発展した。

「お久しぶりです、バーツさん」

突然、巨鳥は俺の名を呼んで語り始めたのだ。

「ど、どうして俺の名前を……」

そもそもなんで、契約前の魔獣があんな流暢《りゅうちょう》に人間の言葉を話せるんだ？

もしかしたら、契約までは交わさなかったけど、親しい人間と長く一緒に暮らしていたのかもしれない。そうした魔獣が人間の言語を話せるようになるという例は聞いたことがないが、これほど強力な魔獣だから、そういうことがあってもおかしくないだろう。

あるいは単に、俺がシロンやクロスにやったように、言語魔法をかけられたか。

不思議に思っていると、巨鳥は嬉しそうに目を細めた。

……俺はその表情に見覚えがある。

姿形はだいぶ違うけど、長らく一緒にいた、かつてのパートナーだ。

「ひょっとして……クウタなのか？」

「憶えていてくれましたか！」

巨鳥ことクウタは、大きく翼を広げて喜んだ。

どうやら正解だったらしい。

「クウタ⁉」

「本当にあのクウタなのか⁉」

ノエリーとフィオナは揃ってめちゃくちゃ驚いていた。

無理もない。

この子は——クウタは、俺が例の教会でノエリーたちを助けた後、契約解除をした魔獣のうちの一体だ。

しかし、あの頃とはまるで容姿が異なる。

当時は普通の鳥と同じサイズだったのだ。

クウタは主に偵察《ていさつ》役で、常に俺の肩に乗っていたりと、とにかく懐いていた。もともと戦闘能力はなかったけど、従順で大人しいクウタは、俺の従魔の癒し枠だった。

そういえば、俺がテイマーを廃業しようと決意した時、一番抵抗していたのもクウタだったっけ。

——それがまさか……このような形で再会するとは。

「しばらく見ないうちに、随分とたくましくなったな」

「そういうバーツさんは老けましたね」

「ははは、言うようになったじゃないか」

再会を懐かしんで談笑する俺とクウタ。

それがあまりにも楽しくて、周りのみんなを完全に置いてきぼりにしてしまった。

とりあえず、ニーナやシロン、クロスにもクウタのことを説明する。

「――そうですか。あなたたちが今のバーツさんのパートナー魔獣なのですね」

クウタはうんうんと頷きながら、シロンとクロスを見ている。

「まさか、あなたが以前から聞かされていた我たちの先輩だったとは……」

「世間は狭いってことだなぁ」

あっという間に意気投合している魔獣三体。

それにしても、クウタはちょっと成長しすぎじゃないか？

「クウタ……前よりもずっと体が大きくなっているようだけど……何かあったか？」

「バーツさんと別れて以降も、ずっと鍛錬を欠かさなかったんですよ」

「鍛錬を？」

俺は魔獣たちを鍛えるため、独自に鍛錬メニューを考案し、それを実行させていた。おかげで魔獣たちは健康的に体を鍛えることができたのだが……まさか、俺がいなくなった後も一人で続けていたのか。

「おかげで僕は、魔獣としても進化をすることができたんです」

「進化？」

「はい。今の僕はただの魔獣じゃありません――その上をゆく神獣《しんじゅう》の不死鳥《フェニックス》となったのです」

「そうなのか――って、不死鳥《フェニックス》!?」

おまけに神獣って……マジか。

ランクという括《くく》りを飛び出すほどの超強力な魔獣にのみ与えられる、神獣という称号。Sランクを遥かに超える、超激レア中の激レアだぞ!?

「不死鳥《フェニックス》……？　クウタが……？」

にわかには信じられなかった。

そもそも、クウタは偵察用魔獣で戦いは苦手だった。当時四体いたパートナーの中で、他の三体はゴリゴリの戦闘特化だったが、クウタには特別秀でた戦闘力はなく、状況の確認などが主な仕事であった。

それが……Sランク以上の神獣――それも不死鳥《フェニックス》になるとは。

「これが神獣……長く冒険者をしているが、初めて見るな」

俺は茫然とするが、ニーナたちもリアクションは大体似たようなものだった。

すると、クウタが俺をじっと見つめてくる。

「バーツさん……テイマーへ復帰したのですね」

「あ、あぁ……今は昔みたいにガツガツとはやらず、のんびり暮らしているよ」

「でしたら、僕もまた連れていってくれませんか？」

「えっ？」

クウタは瞳をキラキラと輝かせながら言う。

まさかそんな提案をされるなんて……俺としては、断る気など微塵もない。

むしろ、またクウタと旅ができて嬉しいくらいだ。

テイマーに戻る際、当然俺はかつてのパートナーたちを探した。しかし、こちらの事情で契約を解除しておきながら、再び組みたいという虫のいい提案はできないと、苦悩していたのだ。

それが、まさかクウタの方から切り出してくれるなんて。

「クウタ……おまえたちの気持ちも聞かずに契約を切った俺を恨んでいるだろう？」

「とんでもない。あの時、あなたが受けた心の傷の大きさ……それは、長らく行動をともにしてきた僕たちには痛いほど分かりました。いつかまた、再び出会えた時は――その時は、また一緒に旅をしたいと願いながら、今日まで鍛錬を続けてきたのです」

「それで神獣に……」

「さすがだなぁ……」

頷きながら語るノエリーとフィオナ。

確かに、鍛えて強くなれば神獣へと進化する可能性はある――が、それは並大抵の努力では無理だ。特にもともと戦闘タイプでない魔獣のクウタは、それこそ死ぬほど努力を重ねて現在に至るのだろう。

「……分かったよ、クウタ。また一緒にやろう」

「本当ですか⁉」

「俺だって、おまえたちが許してくれるならまた一緒にやりたいと思っていたんだ」

互いの意志を確認し、早速契約の儀に移った。

今回は再契約となるため、ロバートたちがやった時より幾分《いくぶん》か簡略化されている。

時間にして数分。

不死鳥《フェニックス》のクウタは、再び俺のパートナー魔獣となった。

「でも、これだけ大きいとうちの狭い小屋じゃ入りきれねぇな」

「言われてみれば……」

心配するクロスとシロンに、クウタは笑顔で答える。

「その点は問題ありません」

そう言うと、突然クウタの全身が光に包まれ――その大きな体は、俺が最初に契約していた頃と同じくらいのサイズになった。

「これなら平気でしょう」

得意げに胸を張るクウタ。

こうして、頼もしい相棒が増えたのだった。


元パートナーの不死鳥《フェニックス》・クウタの力を借りて、俺たちの魔獣討伐任務は無事終了。

ダンジョンから出た後、周りの騎士たちに事態を報告した。

その結果、しばらくは、調査のためここを封鎖することとなった。

騎士たちが仕事に追われている中、俺たちは近くのテントにお邪魔して体を休める。

アリーネも無事に回復したし、目的も無事達成できた。

それに、クウタと再びパートナー契約を結んだことで、強力な仲間が増えたのは嬉しい限りだ。

「クウタ先輩！　よろしくお願いします！」

「ご指導ご鞭撻《べんたつ》のほど、ぜひ」

「そ、そんなにかしこまらないでよ」

クロスとシロンはSランクを超える神獣となったクウタをリスペクトしているが、そんな二体に対するクウタの反応はおしとやかなもの。いい先輩になりそうだ。

一方、俺にとって嬉しい再会はクウタだけじゃない。

「フィオナ……改めて、久しぶりだな」

「はい！」

元弟子にして、現在は三つ星《トリプルスター》の冒険者パーティー【黒猫《ブラック・キャッツ》】に所属しているフィオナ。しかも、ニーナの話では、有望株らしい。

実際、彼女はSランク魔獣の雪蛇《スノースネーク》を連れているしな。

ちなみにその名前だが、ユキゾーというものらしい……うん。昔からネーミングセンスが独特だったからな。

そんなフィオナは、神獣となったクウタの登場で「ユキゾーのインパクトが薄れた！」とひどく嘆いていた。

とはいえ、テイマーである俺は彼女の連れている魔獣がどれほど凄いのかを理解しているし、他のメンバー同様、俺が昔教えたことを守り、魔獣に名前をつけて信頼関係を築いているという事実も嬉しかった。

ともかく、今回の件を報告するため、俺たちはセラノス王都へ戻ることとなった。

――が、その前に、ニーナからの提案で、アンデルトンの冒険者ギルドを訪れることにした。

今回の件をギルドマスターに報告しておきたいというのだ。

ギルドの運営は国家運営から独立しているので、ここで先に報告すれば、王都に戻ってからの報告も不要になるからという理由だった。

加えて……

「あんたのこともぜひギルドに紹介したいのよ」

「俺を？」

「あれだけの負傷者を出した魔獣を討伐した張本人だもの。感謝されるわよ」

「いや、あの猿人型魔獣を倒したのはクウタで――」

「僕が倒したということは、あなたが倒したも同然ですよ、バーツさん」

「あら、いいこと言うじゃない！」

いつの間にか意気投合しているニーナとクウタ。

……まあ、いいか。

ひどい目に遭うわけじゃないんだし。

というわけで、俺たちは冒険者ギルドに立ち寄った。

建物に入ると、そこでは負傷した冒険者たちに安息の場を提供しており、ほとんど診療所という感じだった。

「こんなに怪我人がいたのか……」

ダンジョンの入口近くにも、負傷した冒険者は数多くいたが……まさかここまでとは想定外だったな。たくさんの怪我人たちの間をすり抜けて、俺たちは受付へと向かう。

「ギルドマスターは大変ね、ガルトン」

「こういう繁盛《はんじょう》の仕方は勘弁してもらいたいがね」

ニーナが話しかけたのは、ため息交じりに語る、スキンヘッドの偉丈夫。タンクトップから覗く太い右腕には、剣と斧《おの》が交差しているタトゥーが彫《ほ》られていた。

彼がギルドマスターのガルトンか。

「ん？　そっちの男は何者だ？」

「彼の名はバーツ。ダンジョンを救った英雄よ」

「何っ⁉」

明らかに過大評価なニーナの言葉に、ガルトンだけでなく、周りにいた冒険者たちも騒然となる。

それは次々に伝播《でんぱ》していき、ついにはギルド全体にまで広まった。

あっ……これ、面倒なことになる前触れだ。

猿人型魔獣を討伐したのが俺だと分かった途端、周りから手荒いお礼をいただいた。

いわゆる冒険者流というべきか。

「ありがとう」と感謝の言葉をかけられつつ、バシバシと叩かれる……俺が冒険者をやっていた頃も、ギルドではたまに見かけたが、まさか自分がそれを受けるとは夢にも思っていなかったよ。

その後、ガルトンのご厚意により、アンデルトンの町をあげて大規模な宴会《えんかい》を開いてくれることになった。

「しかし……いいのでしょうか、ノエリー分団長」

「何がですか？」

「いや、すぐに戻って報告をした方がいいのでは……」

超がつく真面目なデリックは、宴会を楽しむよりもすぐに戻って事態の報告をするべきではないかと、ノエリーに進言する。

しかし、当のノエリーはというと――

「例の猿人型魔獣をすべて討伐しきれたかどうか……王都に戻るのはそれを確かめてからでもいいでしょう」

などと言って、首を横に振っていた。

しかし俺には分かる。それらしい理由をつけてはいるが、彼女の視線は次々に運ばれてくる料理の数々に定められていた。

どう考えても食欲が勝っているようだが……とはいえ、ノエリーの言うことにも一理ある。

確かに俺たちは猿人型魔獣を倒した。

しかし、それはあくまでもあの場にいた数だけ。

ダンジョン内に同種が潜んでいないとは言い切れないのだ。

まあ、今日のところは、御託《ごたく》は抜きにして純粋に楽しんだ方がよさそうだ。

せっかくの厚意だし、宴会を存分に楽しんでから、明日の早朝にセラノス王都へ向けてアンデルトンを発てばいいだけ。そういうわけで——今日はおおいに盛り上がろう。


宴会は当初、ギルド周辺でひっそりとやるものだと思っていたが、いつの間にか町全体を巻き込んだ規模に発展していた。

町にある店の多くは、冒険者たちを相手に商売をしている。

なので、ダンジョンに凶悪な魔獣が大量に居着いてしまったら冒険者たちが離れていき、死活問題に発展する——が、それを俺が防いだ形になったので、その事実を知った町の人たちから「ありがとう！」とかわるがわるお礼を言われることになった。

……しばらく忘れていたな、この感覚は。

ノエリーたちを教会に預けてから、しばらく単独で行動していたし、クロスやシロンを加えてからも、基本的には誰ともつるまずにやってきた。

それもあって、大きな仕事は長いことこなしていない。

それがどうだ。

今じゃ数えきれない人たちから感謝の気持ちを伝えられている。慣れない事態に戸惑ってばかりでまともに返事ができていなかったが、それでも次から次へ人がやってくる。

気がつくと、大勢の人たちに囲まれながら、俺はシロン、クロス、そして新たに加わったクウタと一緒に、ダンジョン内で起きた出来事について語っていた。

時折、ノエリーやフィオナも一緒になって、今日一日の冒険を楽しげに話す。

デリックや他の仲間たちは、分団長であるノエリーでさえ苦戦した凶悪魔獣がいたことに驚きを隠せないでいた。

それでも、ダンジョンへの挑戦自体には乗り気になっているようだ。

彼らはまだまだ成長途中。

これからパートナー魔獣とともに、もっともっと強くなるだろう。

その手助けができるよう、俺もしっかり教えてやらないとな。

第六章　その名は王聖六将《おうせいろくしょう》

宴会を満喫《まんきつ》した翌日。

当初の予定通り、俺たちはアンデルトンの町を出発し、セラノス王都を目指す。

ノエリーが言っていた猿人型魔獣の残りについては、クウタの証言で、とりあえずダンジョン内にはいないことが判明した。まあ、引き続き現地に残る騎士もいるので、そちらで調査を行ってもらう予定だ。

帰りの馬車の中で、ノエリーは王都へ到着したらすぐに今回の件をラングトン騎士団長へ直接報告しに行くと言う。

そこまではよかったのだが……彼女は俺にもついてきてほしいと願い出た。

「俺もか？」

「事件を解決した功労者である師匠がいなければ始まりませんよ！　仮に、私たちだけだったらどうなっていたか……」

複数の巨大猿人型魔獣が相手となったら、普通は騎士団総出で対応に乗り出さなくちゃいけなくなるからな。思えば、ノエリーの機転により、デリックたち新人が外で待機していたというのもいい判断だった。

「まあ、ラングトン騎士団長には一度聞いてみたかったこともあるし、ちょうどいいな」

「聞きたかったこと……ですか？」

「まっ、その時になったら詳しく話すよ」

首を傾げるノエリーにサラッと返す。

その聞いてみたかったことというのは――俺以外に王都へ呼ばれた者たちのことだ。

新しい国防組織の幹部候補は、何人かいるという。

詳しい人数は知らないが、恐らくその誰もが、全員が相当な大物なのだろう。

唯一知り合ったニーナは、超一流の証である三つ星《トリプルスター》の冒険者パーティーをまとめるリーダーだ。

他の候補者も同レベルの知名度と実力があるに違いない。

ちなみに、彼女に俺以外の候補者と会ったのか聞いてみたが、顔を合わせるどころか心当たりすらないらしい。

……正直、そういった面々の中に俺が交ざるというのも場違い感が凄いんだよなぁ。

「師匠？」

「いや、なんでもないよ」

ちょっとナーバスになっているのが伝わったのか、フィオナから心配される。

「みなさん、王都が見えてきましたよ」

先頭を行くデリックが、そう教えてくれる。

王都を空けていたのは三日くらいだけど……何かが変わったりしているのだろうか。

◇◆◇◆◇

また一日かけて、セラノス王都へと戻ってきた。

アンデルトンの町も賑やかではあったが、さすがに王都には敵わないな。

「とりあえず、今日のところはこれで解散にしようか」

中央通りに差しかかったところで、ニーナがそう提案する。

俺とノエリーたちはこれからラングトン騎士団長へ報告をしに行かなければならないため、ギルドへと向かう彼女たちとは目的地が異なるのだ。そのため、フィオナともここで一旦お別れとなった。

ニーナが握手のために手を伸ばしてくるので、俺は握り返す。

「いろいろあったけど、楽しかったよ。まあ、すぐにまた顔を合わせるだろうけど」

「その時はよろしく頼むよ」

「こちらこそ」

「師匠！　次はもっとゆっくりお話ししましょう！　冒険者ギルドを通して連絡してくださいね！」

「ああ、楽しみにしているよ」

同じ幹部候補であるニーナと出会い、フィオナとも再会できたのはよかったな。

「絶対ですよ！」

「分かった分かった。いずれお邪魔するよ」

念押ししてくるフィオナと再会を約束し、それぞれ別々の道を進んでいく。

冒険者である彼女たちは、王都を拠点としながらもアンデルトン近くのダンジョンに挑戦するなど、遠征する機会も多いだろう。そのため、ノエリーやメイたちよりも顔を合わせる回数は減りそうだ。

それでも、元気でやってくれているようで安心したよ。

「さあ、詰め所に戻ろうか」

「「「「「はい！」」」」」

ノエリーも含め、テイマーのメンバー全員から元気のいい返事が。

……なんか、俺がリーダーみたいになってきたな。

詰め所に戻ってきた俺たちは、早速ラングトン騎士団長に事態の報告を行った。

ラングトン騎士団長は一瞬、俺を見て驚いていたが、ノエリーが事情を説明すると頷いていた。

そういう器のデカさも、騎士団長には必要なのだろうな。

「今回は君に助けられただけでなく、強力な仲間も加わったようだな」

「クウタの加入は偶然ですがね」

ラングトン騎士団長は話してもいないのに、俺の肩にとまるクウタの実力を見抜いたようだ。

とはいえ、さすがに神獣・不死鳥《フェニックス》であることまでは分かっていないようだが、Sランクかそれ以上の魔獣であるというのはひと目で分かったらしい。

ひと通りの報告を終えて、聞こうと思っていたことを切り出そうとしたところで、ラングドン騎士団長が不意に声をあげた。

「そういえば、話しておこうと思ったことがあったんだ」

俺に話？

最初は何かと思ったが――

「例の新防衛組織における幹部候補の件でな」

やっぱりそれだったか。

まさに俺が聞こうと思っていたことだ。

「近いうちに六人が勢揃いする。そこで改めて人柄を見て、最終的にその六人が幹部として、陛下から任命されるんだ。そこで、国王陛下に会う前に一度こちらでも顔合わせをしようと思ってな」

「六人……」

そうか、候補は六人だったか。

ということはニーナ級の大物が、あと四人もいるんだな。

彼女は非常に砕けた性格というか、人懐っこいところがあったのですんなり打ち解けることができたが……他の四人が同じとは限らない。

とんでもない難癖《なんくせ》をつけられたりしたらどうしよう……考え込むとマイナスの方面ばかりに偏ってしまっていけないな。

ここはひとつ前向きに頑張るとするか。

「いよいよこの時が来たか……」

「頑張ってください、バーツ殿！」

緊張している俺を、ノエリーが勇気づけてくれる。続けてデリックや他の若手テイマーたちからも激励の言葉をもらい、おかげで気持ちが楽になった。

俺は間違いなく、他の五人とは実績に大きな差があるだろう。

だが、それはもう今さら埋められない。

俺は俺のやるべきことをするまでだ。

もう少し詳しい話をするということで、ノエリーたちには退室してもらい、部屋には俺とラングトン騎士団長――いや、今は二人きりだから少し砕けた態度でもいいか――ラングトンの二人だけになる。

まず教えてもらったのは、幹部につけられる名前だ。

その名は――王聖六将というらしい。

「また大層な名前をつけたな……」

「ははは、まあそう言うな」

豪快に笑ってから、ラングトンは続けた。

「おまえが出会ったニーナを含め、すでに何人かは王都入りをしている。予定としては一ヶ月以内には全員揃って顔合わせになる予定だから、そのつもりでな」

「分かった」

伝えたかったのはそれだけだという。

別にノエリーたちがいても問題はなさそうな内容だが、慎重な彼らしい判断と言えた。

とりあえず、俺としてはいつ召集がかかってもいいようにしておかなくちゃな。

久しぶりに戻ってきた、王都を流れる運河のほとりにたたずむ小さな我が家。

俺は「ふぅ」と小さく息を吐き出してから、数少ない家具である木製のベッドに仰向《あおむ》けとなり、ラングトンの言葉を思い返していた。

「王聖六将……いい響きっすね、旦那」

「ノエリーやデリックたちも主を尊敬の眼差しで見つめていたぞ」

「ふふふ、これから大変そうだね」

クロスにシロン、クウタは好き勝手に言い出す。

それにしても、いくらクウタが小さくなれるといってもさすがに家が手狭になってきたな。

「うーん……ボチボチこの小屋もリフォームした方がいいかな」

「リフォームって、何をするんすか？」

「大きくするんだよ」

「増築というわけか」

「確かに……たぶん、バーツさんがテイマーに復帰したと聞いたら、きっと彼らもここに住みたいと言い出すはずです」

クウタの言う「彼ら」とは、俺がかつてテイムしていた三体のことだろう。

「あいつら……元気にやっているのか？」

「……僕が彼らと最後に会ったのは、バーツさんと別れた直後です」

クウタも俺と別れてから他の三体とは顔を合わせていないのか。

決して仲が悪かったわけじゃなく、むしろ血のつながった兄弟のように仲がよかった。しかし、放り出されたも同然だったからな。本当に悪いことをしたよ。

「近況とか聞いているか？」

「いえ、まったく……」

「そうか……」

クウタは俺と別れたあと、鍛錬を重ねることで神獣・不死鳥《フェニックス》へと進化を遂げている。

他の三体も、強くなるためには努力を惜しまないタイプだったたし、もしかしたらあいつらも、劇的な成長を果たしている可能性も――いや、それはちょっと都合よく考えすぎか。

せめて、元気に暮らしていてくれたら……元主である俺としては、それだけを切に願っている。

夕食を済ませると、辺りが暗くなる前に外へ出た。

小屋の外観を改めてチェックしながら、どのように増築していくか考える。実際に手掛けるとなると道具や木材が必要になってくるから、近いうちに調達してくるとしようか。

「明日からがまた楽しみだな」

「だろうねぇ……なんか、旦那の顔つきが変わってきているのが分かるっすよ」

「おや、珍しく意見が合うじゃないか」

「何っ⁉　……なら、俺の気のせいだったかなぁ」

「喧嘩《けんか》を売っているのなら言い値で買うぞ？」

「今回の件じゃ暴れ足りなかったからな」

「ダ、ダメだよ！」

一触即発状態となったクロスとシロンの仲裁役を買って出るクウタ。

……ランクとしてはクウタの方が圧倒的に上だし、パートナー魔獣としては先輩にあたるのだが、まったくそうは見えないな。

けど、あんな風にしているのを眺めていると、昔のパートナー魔獣たちのことが気になってきた。

あいつらは今頃どこで何をやっているのやら。

元弟子たち同様、また会ってみたくなったよ。

◇◆◇◆◇

次の日。

我が家の前にノエリーとデリックたちテイマー候補生がやってきた。

今日は彼らに、テイマーとしての極意を伝授していく予定だ――って、そんな大げさなものではないか。

今日、彼らに伝えることはテイマーとして絶対に必要な条件であり、一流と呼ばれる者たちがもっとも重要視しているものだ。

その条件とは――

「今日はそれぞれのパートナー魔獣と一緒に遊んであげよう」

「「「「えっ⁉」」」」

ノエリーを除いた五人の声が綺麗に重なる。

ノエリーは教会で俺がクウタたちとどのように過ごしていたか目の当たりにしているから、そう言われても特に反応はなかった。

「あ、遊ぶって……本当にそれでいいんですか？」

真面目なロバートが、少し動揺しながら尋ねてくる。

「気持ちは分からなくもないが、これは大事なことだぞ？」

ちょっと言い方が悪かったかな。そう反省していると、デリックがゆっくりと挙手した。

「どうかしたか？」

「つまり、お互いの信頼関係を強固なものとするために、より密に、行動をともにしろというわけですね？」

彼なりに、俺の言葉をそのように解釈したようだ。

概《おおむ》ね正解だが、そこはやっぱりエリート思考というべきか。そんな肩肘《かたひじ》張《は》った考えではなく、もっと砕けた感じで十分なんだがな。

「その認識で間違ってはいない――が、ちょっと硬いな」

「か、硬いですか？」

「そうだとも。もっと柔軟《じゅうなん》でいいんだ」

「柔軟……柔軟……むむむ……」

ダメだ。

デリックは真面目さがあだになってドツボにハマっている。

「と、とにかくそういうわけだ。はい、スタート！」

手をパンと叩き、早速触れ合いタイムが始まる。

最初はみんな戸惑っていたが、徐々に硬さが取れていき、じゃれ合ったり、一緒に鍛錬をしたりと、それぞれのやり方でパートナー魔獣との絆を深めていく――ただ一人を除いて。

「…………」

その一人とは、やっぱりデリックだった。

彼は相棒であるグリフォンと向かい合っているが……それだけで何もしていない。

額にうっすら汗がにじんでいる様子を見ると、何か言おうとしているが言葉が出てこないといったところか。

「デリックには難しいテーマだったかもしれませんね」

自身のパートナー魔獣であるアインの肩に乗って、ノエリーが言う。

「どういう意味だ？」

「あの子の家は堅物《かたぶつ》一家で国内でも有名なんですよ」

「確か、父親は副騎士団長だったな」

「はい。それから彼の兄は私と同期なのですが、将来の幹部候補として期待されているホープなんです」

「へぇ」

それは知らなかった。

そんなエリート揃いの一族となると、彼にかけられたプレッシャーは相当なものだろうな。

なおさらデリックは頑張らなければならないと思っているだろうが……それがまた重荷にもなっていそうだ。

なんとか乗り越えてもらいたいが、このままではにらめっこをして一日が終わってしまいそうなので、少し助け舟を出してやることにしよう。

「肩の力を抜け、デリック」

「バ、バーツ殿……」

グリフォンと見つめ合っていただけなのに、なぜか息が上がっているデリック。何もそこまで力を入れなくてもいいのに。

「言葉が出てこないなら、行動で示せばいいさ。たとえば……グリフォンの背中に乗って遊覧《ゆうらん》飛行というのはどうだ？」

「ゆ、遊覧飛行ですか……」

さすがに突拍子もない提案だったかなと思ったが、デリックは大きく息を吐き、真っすぐグリフォンを見つめて歩き出す。

どうやら、やる気になったらしいな。

「そういえば……まだ名前を決めていませんでした」

グリフォンの前に立ったデリックは突然、そんなことを口にする。

俺は以前、彼に魔獣に名前をつけるよう助言したことがあった。

まだ名前をつけていなかったようだが、どうやら自分の中で答えを出したようだ。

「グリフォン……おまえの名前はムーバにしようと思う」

「キーッ！」

デリックが自分で考えた名前を伝えると、グリフォン――いや、ムーバは嬉しそうにひと鳴き。

どうやら名前を気に入ったらしい。

ムーバのリアクションに手応えを感じたらしいデリックは、跨《また》ろうと体に手を添える。

まともな信頼関係を結べていない状況では、触れただけで噛みつかれてもおかしくはないのだが……ムーバは完全にデリックを信頼しているようで、むしろ心地よさそうな顔で受け入れている。

穏やかなムーバの様子を目の当たりにしたデリックの顔から、笑みがこぼれた。

クロスと戦っていた時とはまるで別人のような優しい表情――けど、テイマーとしてはそっちの方がいいと思う。

テイマーの中には時折、パートナー魔獣をまるで奴隷のように扱う者がいる。

契約を結ぶと、魔獣側からは破棄《はき》できず、テイマーを攻撃できなくなる。それを悪用して好き放題やるヤツもいるのだ。

実際、俺も何度かそういう不届き者を見てきた。連中にとって、魔獣は商売道具であり、それ以上の価値はないのだ。

しかし俺はテイマー候補生たちに、そういった悪《あ》しき考えを持ってほしくない。魔獣はテイマーにとって、かけがえのないパートナーになり得るんだ。

俺だって、自分が選択した結果ではあるが、クウタたちと別れた直後はとんでもない喪失感に襲われた。

当時は、それはエヴェリンに裏切られたことや子どもたちと別れたのが原因だと思っていた。しかし時間が経つと、クウタたち魔獣と別れたショックの方が大きかったのに気づいたのだ。

しかしよく考えれば当然だ。付き合いの長さで言えば、エヴェリンなんかよりも魔獣たちの方が長かったのだから。

それほどまでに、テイマーと魔獣の関係は深いのが普通だと俺は思っている。

だからこそ、デリックたちにも、魔獣を大事にしてほしい。

ムーバの背中に乗り、楽しそうに大空を舞っているデリックを見ながら、俺はそんなことを思うのだった。

「どうやら、吹っ切れたみたいですね」

いつの間にか俺の横に立っていたノエリーがそう口にする。

分団長として彼を見続けてきた彼女にとっても、デリックの生真面目さは心配になるレベルだったらしい。

ただ、今日のムーバとの触れ合いを経て、彼もひと皮むけたようだ。

他のみんなも、魔獣との仲を深めることができたようだ。

——ただ、ここまではまだ序の口。

次はいよいよ、実戦を想定した鍛錬へと移る。

腕のいいテイマーほど、連れている魔獣の数は多い。

なぜなら、魔獣にも得意不得意があるからだ。

シロンやクロスは基本的に戦闘特化タイプであり、クウタはもともと偵察が主な仕事だった。

……まあ、非戦闘員でありながら自主鍛錬を続けて神獣にまで成長したクウタは、ハッキリ言って異端と呼べる存在だ。基本的には、その魔獣が得意とする分野を伸ばしてやるのがテイマーの腕の見せどころとなる。

もちろん、たとえば偵察メインで仕事をしている魔獣に戦闘力をつけて、どちらもこなせる器用なタイプを育成することだって可能だ——が、魔獣のキャパシティをオーバーするような育成は、もはや虐待《ぎゃくたい》のレベル。いいところも伸ばせず、かえって逆効果となってしまう。

そういう意味でも、魔獣との信頼関係の構築というのは、テイマーがやらなければいけない最初の仕事であると言える。

——で、みんなの様子をチェックする限り、その最初のステップは難なくクリアできたみたいだ。

デリックも、自然ないい笑顔を見せてくれている。

俺は一度みんなを集め、先ほどの「魔獣の特性」と「テイマーにおける最初の仕事」について軽く講義を行った。

そうなると気になってくるのが、「自分の魔獣はどちらのタイプだ？」という疑問。

少なくとも、デリックの連れているグリフォンのムーバは、うちのシロンやクロスと同じ戦闘特化タイプだろう。

その他の新米テイマーたちの魔獣だが、ロバートとパメラの連れている魔獣は非戦闘員で、カレブとハーヴェイの連れている魔獣は戦闘タイプだな。

まず、ロバートの連れている鳥型魔獣は、役割として昔のクウタと同じように、空からの偵察が行える。

パメラの連れている猫型の魔獣は、身軽さを生かして潜入調査などが行えるはずだ。こちらは戦闘もそれなりにこなせそうだ。

ハーヴェイのテイムしたモグラ型魔獣だが、今はまだ小柄なためちょっと頼りなく映るが、これから成長させていくことで非常に頼もしい存在となるだろう。

そして、カレブの熊型魔獣。

相変わらず常にオドオドしていて、性格面だけ見ると、小さいが勇ましいハーヴェイのモグラ型魔獣の方が頼れるかな。戦闘のことを考えれば、これを克服《こくふく》していかなくちゃいけないな。

それぞれによいところと、乗り越えるべき課題がしっかり見えている。

変に中途半端な魔獣よりも、こっちの方がテイマーとしては活躍の場を見極められて助かるな。

みんなもそれはしっかり理解できたようだし……想定よりもペースは速いが、そろそろ次のステップに移ってもいいだろう。

「ちょっと聞いてくれ」

そう言って注目を集めると、俺は今後の方針を語った。

「次はみんなで遠足に行こうと思う」

「え、遠足？」

デリックをはじめ、全員がポカンと口を開けている。

遠足とは言っても、本当にただ楽しむためだけに外出をするわけじゃない。

実際に俺やノエリーが魔獣と一緒にどう戦うのか、見てもらうのだ。場合によっては、みんなに戦闘に参加してもらってもいい。

これもまた鍛錬の一環だ。

とはいえ、遠出するということには変わりないので、遠足と言っても差し支えないんじゃないかなと思う。

だが、ここでひとつ問題が。

「もし、王都を出て鍛錬をするのなら、ラングトン騎士団長に許可をもらわないといけませんね」

「おっと、そうだった」

ノエリーの言葉に、俺は思い出す。

以前、ミネットと一緒に魔獣をテイムしに行った際は、その手続きをきちんと踏んでいた。となると、今回もラングトン騎士団長に許可をもらう必要がある。

「それについては俺がやっておくよ」

「えっ？　でも……」

「順調に許可が下りたら、明日は早起きしなくちゃいけない。――だろ？」

「っ！　お、お心遣い、感謝します！」

ノエリーはビシッと背筋を伸ばしてそう告げる。

まあ、これくらいのことはしておかないとな。


鍛錬終了後。

みんなと別れ、俺は騎士団の詰め所にあるラングトン騎士団長の執務室を訪ねる。

すると、彼はすでに帰り支度をしていた。

「おや？　今日はもうお帰りかい？」

「ああ、バーツか。今日は月に一度の早帰りの日なんだよ。たまには早く帰って、家族に顔を見せないと……特に、まだ小さい息子には忘れられそうで怖い。まあ、何かあったらすぐに戻ってこなくちゃいけないから、そこまで気は抜けないがな」

「えっ⁉　結婚してたのか⁉」

「おいおい、この指輪はファッションでつけているんじゃないんだぞ？」

「あぁ……まったく気がつかなかったよ」

こうしてタメ口で話していると、なんだか十三年前に戻った気分になる。あの頃はまだ二人とも若かったからな。

「どうした？　何か考え事か？」

「いや、俺たちも年を取ったなと思って」

「なんだよ、随分と辛気臭いことを言うじゃないか。あのノエリーやメイを育てた者とは思えない発言だな」

「俺は何もしちゃいない。あの子たちが自分の力で強くなったんだ」

「そうは言うが、彼女たちはみんな口を揃えて君のおかげだと言っているぞ？」

うーん……やっぱり、実感ないなぁ。

「実感がないって顔をしているな」

「えっ？　そ、そんなに顔に出ていたか？」

「ははは、君はあの時も分かりやすかったからな。っと、それより、俺に何か用があったんじゃないか？」

そう言われて、俺はハッとする。

「そうだ。実はメンバーの遠征許可をもらおうと思って」

「ふむ。では場所を変えよう。……俺の家なんてどうだ？　妻がシチューを作って待っていてくれるのだが、これがなかなかうまくてな。魔獣たちも連れてくるといい」

「い、いいのか？」

「もちろんだとも」

許可を取りに来たつもりだったが、その流れで久々に再会した恩人とゆっくり過ごす夜となりそうだ。


俺は王都の一角にあるラングトンの家を訪ねた。

「ただいま」

「おかえりなさい」

出迎えてくれた奥さんは物凄い美人だった。

年齢も若いな。二十代後半か、下手したら十八、九と言われても驚かないぞ。どこで出会ったのか、馴《な》れ初《そ》めが気になるところだ。

「あら？　今日はお客さんもいらっしゃるのね」

「お邪魔します」

「どうぞ——あら？」

目が合った瞬間、奥さんはジロジロと俺の顔を舐《な》め回すように見てくる。

「な、何か？」

「あなたもしかして……バーツさん？」

「えっ？　そ、そうですが」

「やっぱり！　夫がよく話してくれていたんですよ！」

急にテンションが上がりまくる奥さん。

それを見たラングトンは「うぅん！」と咳払いをする。分かりやすく「それ以上言うな」と伝えているようだな。

「今日はこいつにおまえのシチューを食わせてやろうと思ってな」

「あら、そうだったんですね。ちょうど作りすぎちゃったって思っていたの。ささ、こちらへどうぞ」

「ど、どうも」

　奥さんに案内され、俺は椅子《いす》に腰かける。目の前のテーブルには、シチューの入った鍋《なべ》とパンが詰められたバスケットがある。

　ちなみに、シロンやクロス、それにクウタも一緒にお邪魔させてもらい、彼らのご飯まで用意してもらった。なんだか申し訳ないな。

「さあどうぞ。お口に合えばいいのだけれど」

「いただきます。——うまっ！」

　さすがはラングトンが自慢したがる味だ。

　思わず叫んでしまうくらいおいしかった。

「そうだろう？　美人なだけじゃなく料理もうまいんだ」

「まったくだ。おまえが羨《うらや》ましいよ」

　二人でそんな話をしていると、部屋の片隅に置かれたベビーベッドから、赤ん坊のぐずる声が聞こえてきた。

「あらあら、起きちゃったみたいね」

「俺が見てこよう」

　ラングトンはそう言って立ち上がり、赤ん坊を抱き上げてあやしている。

あの新米騎士が今では立派なお父さんか……俺とはまったく違う、充実した十三年間を過ごしていたようだな。

一方こちらは相棒たちから冷たい視線を向けられる始末。

そんな目で見てきても、すぐに結婚はしないからな。

「すまないな、バーツ」

「赤ん坊は泣くのが仕事だからな。健康的に成長している証さ」

「そう言ってもらえるとこっちも助かるよ。そうだ。知り合いからいい酒をもらったんだ。せっかくだから開けるか」

「いいのか？」

「こういう時に飲まなくていつ飲むんだよ」

ラングトンは奥さんに声をかけ、その酒を持ってきてもらうとグラスへ注いでいく。

三流冒険者の俺でも知っている老舗《しにせ》酒屋の果実酒で、かなり高価な代物だ。

「「かんぱーい！」」

酒を飲む前からすでに酔っているようなテンションの俺たち。

……これは仮定の話だが、もし俺がこの王都で生まれ育ち、養成所を出て騎士団に入っていたら、きっとラングトンとはいい同僚となっていただろう。

それから、俺は彼がどうやって騎士団長まで上り詰めたのか、その成功譚《せいこうたん》を聞かせてもらった。

もちろん、最初に聞こうと思っていた奥さんとの馴れ初めも教えてもらう。これについては奥さんの方が饒舌《じょうぜつ》に語ってくれたな。

結局、ラングトンの家での夕食会は深夜まで続いたのだった。

もちろん、遠征の許可も問題なくもらっておいた。

第七章　ミネットからの依頼

翌日。

なんとか二日酔いにはならなかったが、ちょっと寝不足気味だな。

運河のほとりにある我が家の前で軽くストレッチをしながらみんなを待っていると、意外な人物が訪ねてきた。

「おはようございます、バーツ先生」

「えっ？　ミネット？」

今日はミネットには声をかけていなかった。だというのに、ここへやってきたということはつまり……俺に何か用事があるのか？

「先生にお願いしたいことがありますの」

「お願い？　しかし、今日は——」

「ええ、予定については把握していますわ。今回のお願いの内容は、遠征の目的もまとめて達成できるかと」

「えっ？」

さすがというべきか、ミネットはこちらの予定を事前に把握していたのか。

それでもこうして直接、しかも早朝に訪ねてきたとなると……これは相当厄介な案件を抱えているようだな。

最初はいつも通りに見えたのだが、よく観察してみると、ちょっと元気がないかな？

ミネットには、昔からこういうところがあった。

悩みは人に言わず、一人で抱え込んで無理をするのだ。

辛い時は人に吐き出してもいいんだぞって教えたんだが……こうして俺に相談をしに来たということは、あの頃より成長していると見ていいか。

とりあえず、他のメンバーが集まる前に話を聞こう。

「話を聞かせてくれるか？」

「ありがとうございます」

ミネットはわざとらしく「コホン」と咳払いをしてから、話を始めた。

「実は、王都と近隣の港町を結ぶ交易路に魔獣が居座ってしまい、対応に困っていますの」

「魔獣が？」

おまけに交易路とは……なるほど、商会を束ねる立場にあるミネットとしては、死活問題に値するというわけか。

しかし、つい先日ダンジョンで厄介な魔獣を討伐したばかりだというのに、またこの手のトラブル……あの猿人型魔獣も自然発生ではないように感じたし、誰かがわざと魔獣を放っているのか？

だとしたらかなり悪質だし、明確な敵意を感じる。

「魔獣の種類や数は分かっているのか？」

「情報によると、襲ってくるのは狼型の魔獣で、ヤツらは群れをなして行動しているようですわ」

「狼型、か。うちのシロンみたいなタイプだな」

これもまた面倒な条件だ。

パワーはないが、スピードは一級品。それを武器にして相手を惑わし、致命の一撃を与える――

それが、シロンの基本的な攻撃スタイルだ。

恐らく、街道にいるというヤツらもその手を使ってくるだろう。

おまけに一体だけではなく群れを成しているということは、チームプレイをしてくるはず。

ダンジョンで相手をした猿人型魔獣と似た戦法だが、どちらかというと狼型魔獣たちの方がこちらとの相性が悪い。

もしミネットの依頼を受けて、デリックたちを連れていくとなると……戦闘面に関して素人《しろうと》も同然なメンバーばかりだから、不安が残るな。

だが同時に、彼らにとっていい経験となるのも間違いはない。

「もちろん、わたくしとグリンも同行しますわ」

「君たちが？」

それは頼もしい。

彼女の連れている植物人形《プラント・ゴーレム》のグリンはSランク魔獣。

さらにノエリーの鋼鉄魔人《アイアン・レイス》とうちのシロンとクロス、そして新たに加わった不死鳥《フェニックス》のクウタがいれば、若手のサポートもできるはず。

特に行く場所を決めていたわけではないが、戦闘経験を学べることには変わりない。ミネットが言っていた「遠征の目的もまとめて達成できる」というのはそれだろうな。

ノエリーの推薦で、王聖六将という大層な組織の役職の候補になったわけだし、こういう国を守るのにつながる依頼は積極的に受けるべきだろう。

……気がつけば、新組織の幹部になるかもしれないということについて、自分でも驚くくらい乗り気になっていた。

最初は戸惑ってばかりいたが、今ではすっかり環境に慣れたというべきか……まあ、ノエリーやミネットたちにやっていたことをしているだけなので、実感というか、大変さはあまり感じないんだけど。

それでも、地位はこれまでとは比べ物にならない。

三つ星《トリプルスター》の冒険者パーティーを束ねるニーナや、彼女と同レベルの名声を持っているであろう者たちが集う王聖六将に名を連ねるかもしれないんだ。俺もみんなに負けないくらい気合を入れていかないとな。

「分かったよミネット。俺はそれで問題ない。一応ノエリーたちにも確認は取るけどな」

「ありがとうございます。もちろんそれで問題ないです」


その後、ノエリーたちが来てから事情を説明すると、やはりというかノエリー自身はあまり乗り気ではなかった。まあ、ミネットにいきなり行き先を決められたからな。

とはいえ街道で起きている事件となると、さすがに無視はできない案件だと理解し、ミネットの依頼を受けることとなった。

というわけで、それぞれの魔獣を引き連れ、俺たちは目的地へと急ぐ。

これ以上被害が広がらないよう、何か対策を打たねば……情報は共有しているということなので、騎士団も調査に乗り出すだろうが、それよりも先に解決できるものならしておきたい。

――で、たどり着いたそこは渓谷だった。

「これは……綺麗だな」

思わず見惚《みと》れる絶景が広がっていた。

商人たちに人気の交易路だとミネットが言っていたので、その理由を尋ねてみると、行けば分かると返されていたのだが……なるほど。これなら人気が出るのも頷ける。

これだけの美しい自然を眺められるというなら、長い道のりも苦ではないだろう。

だが、そんな道のりに群れをなす狼型魔獣たちが住み着き、商人たちを襲っているというのだ。

「それで、肝心の魔獣はどこに？」

「分かっているのなら簡単に済みますわ」

まあ、それについてはミネットの言う通りだな。恐らく、最初からヤツらのねぐらが分かっていたのなら、ミネットと植物人形《プラント・ゴーレム》のグリンだけで問題なく解決できるはず。

この案件の厄介なところは、敵の動きが一切見えない点だ。

ダンジョンでの案件も似たようなところがあったが、あちらは限られた空間での話。今回のケースはその空間が前回のダンジョンとは比べ物にならないほど広大なのだ。

狼型魔獣は素早く、スタミナもある。

住処《すみか》自体はここから離れている場所にあるかもしれないし、もしかしたらすでに包囲網の中に閉じ込められているのかもしれない。

とりあえず、敵に動きを見られるより先に、みんなへ今後の行動について話をしておかなければ。

そう思って、声をかけようとした時だった。

「っ⁉」

強烈な気配を察知して振り返る。

「師匠……お気づきですか？」

「随分と早い歓迎ですわね」

どうやら、ノエリーとミネットは勘づいたようだな。

俺たちは……すでに連中の罠の中にいるらしい。

「すぐに襲いかかってきたりしないんですね」

「様子見ってところか。ヤツらも、これまで相手にしてきた人間とは違うと本能で分かっているんじゃないかな」

その点では、あの猿たちよりも知性は感じられるな。

いっそのこと、バラバラに襲いかかってきてくれた方がこちらとしても対処しやすかったのだが……そうしないということは、群れのリーダーが優秀なのだろう。

さて、こうなってくると問題なのは――

「シロン」

「何だ、クロス」

「今回は俺とクウタでやる。おまえは引っ込んでな」

クロスが前に出て、シロンを下げようとする。

それはまさしく俺がやろうとしていた行動だった。

普段、あれだけ口喧嘩をしている二体だが、さすがに同族との戦いではシロンがやりづらいだろうと判断したみたいだ。

「シロン、ここはクロスの言う通りだ。この場は彼とクウタに任せよう」

「主がそう言うなら……」

納得はしていない様子であったが、こちらの配慮の意図が分かったらしく、シロンは後退。代わりに、それまで俺の肩にとまっていたクウタが空へと羽ばたき、不死鳥《フェニックス》としての姿を解放した。

その直後――

「む？」

周りを取り囲んでいた気配が消えていくのを感じた。

どうやら、クウタの姿を見て勝てないと悟り、撤退していったようだ。

「勝てない相手と分かった瞬間、すぐさま身を引く……なかなかに狡猾《こうかつ》ですわね」

「まったくだな」

ここで一斉に飛び出してきてくれたら、狼の丸焼きが完成したのにな。

まあ、こうなったらこうなったで都合がいいか。

「デリック、ロバート、ハーヴェイ、カレブ、パメラ――ここからは君たちの見せ場だぞ」

そう、敵がすぐに襲ってこないなら、進んでいる途中、彼らには警戒と索敵を経験させることができるのだ。

俺がみんなに語りかけると、デリックを除く四人の体がビクッと強張《こわば》る。それだけで、いかに緊張していたかが伝わってきた。

ただ一人、デリックだけは違った。パートナー魔獣であるグリフォンのムーバとともに、強い眼差しで前を見据えていたのだ。

前回の触れ合い体験を経て、ひと皮むけたようだな。

俺は各々が気合を入れ直したのを確認すると、早速その場を出発する。

そうしてしばらく渓谷を進んでいたのだが――

「もしかして……こちらを警戒し、姿を見せなくなったのかもしれませんね」

ノエリーの言葉通り、こちらに不死鳥《フェニックス》のクウタがいると知ってから、狼型魔獣の群れの気配は完全に絶たれている。どこかに身を隠して、やり過ごそうって魂胆か？

「ずる賢さはこれまでに対峙《たいじ》してきた魔獣の中では一番かもな」

「どうしますの？」

「……地の利は向こうにある。下手に捜索を続けたところで、かわされ続けるのがオチだろうな」

俺が「一度引いた方がいいかもしれない」と言いかけたその時、シロンが声をあげた。

「待ってくれ、主よ」

「ん？　何か策があるのか、シロン」

俺が尋ねると、シロンは静かに頷く。

……どうやら本当に、現状を打開できる策を持っているらしい。

「我が囮《おとり》となってヤツらに近づく」

「なるほど、それが最善か」

「えっ!?　囮!?」

驚きの声をあげたのは、新米テイマーのロバートだった。彼だけでなく、デリックを含めた新米たちは一様に困惑の表情を浮かべている。

一方、ノエリーやミネットは平然としていた。

……あの二人なら、そういう反応をすると思ったよ。

「ロバート、師匠はシロンの力を信じているからこそ、彼女を囮として前線に向かわせようとしているのよ」

「ノエリーの言う通りですわ。信頼関係がなければ、そのようなマネはしませんもの」

二人の言う通りだ。

俺はシロンを信頼している。この行き詰まった状況の突破口を開くのは、間違いなくシロンであると確信しているからこそ、この場を任せるのだ。

今でこそ、俺の言語魔法で人間の言葉を話しているシロンだが、もちろんそれ以前に使っていた魔獣の言語も話せる。それで相手を油断させ、誘い出そうという魂胆らしい。

だが、向こうがこちらの狙いに気づけば……集団に襲われる可能性も十分に想定できる。

特に、リーダー格のヤツは相当頭がキレるはずだ。そいつを欺《あざむ》くことができなければ、作戦の失敗は避けられない。

だからこそ、シロンの役割が重大となってくる。

もし、そこまで信じられるほどの実力がなければ、俺だってこのような作戦を認めることはない。

「ヘマするんじゃねぇぞ」

「何かあったらすぐに呼んでね」

「ありがとう。頼りにしているぞ」

クロスとクウタからも送り出され、いよいよ作戦が始まる。

シロンは俺たちに軽く頭を下げると、颯爽《さっそう》と走り去った。

「なるほど……パートナーの強さを信頼する……か」

心配顔のロバートたちとは異なり、デリックは何かを悟ったように呟いた。

若手の中では頭ひとつ――いや、三つ分くらいは抜け出た実力を持つグリフォンをパートナーにしているデリックにとって、いろいろと考えさせられる作戦となったらしい。

仮に、自分が俺の立場になった時、グリフォンのムーバを信じて送り出すことができるかどうか……あの目はきっと、そういうことを考えているのだろうな。

「さて、私たちはどうしましょうか？」

「待機するしかないのではなくて？」

一方、お気楽な様子のノエリーとミネット。

しかし、二人の連れている魔獣は臨戦態勢に移っている。

主人の心境を読み取り、いつでも戦えるよう準備に余念がないようだが……こちらはこちらでしっかりとした信頼関係が築けているようだな。デリックたちはぜひとも見習ってもらいたい。

シロンからの合図が来るまで、この場で待機することとなったのだが、その時――

「あら？　何かしら……」

ミネットが何かに気がつき、俺のもとへとやってくる。

「少しよろしいですか、先生」

「何かあったのか？」

「それが……先ほど気配のあった狼型魔獣以外に、強力な力を持った存在がこの辺りをうろついているみたいです」

「なんだって？」

どうやら、ミネットのパートナー魔獣である植物人形《プラント・ゴーレム》のグリンが、何かの気配を察知したようだ。

「まだ他に敵がいたのか……」

俺はそう呟きながらミネットへ目配せをする。それに気づいたミネットは、すぐさま意図を読み取って首を横へと振った。

「わたくしが受け取っている敵の情報に関してですが……狼型魔獣以外に目撃情報はありません」

「ということは、まったくの新種か……」

まあ、ミネットが俺たちにそんな大事な情報を隠しておくわけがないし、うっかり伝え忘れたというのも彼女ならば考えられない。

……それにしても、こいつはさすがに想定外の事態だな。

「グリン、相手の位置とか数とか大きさとか、他に何か分かることはないか？」

「ブオオォ……」

人間の言葉を話すシロンやクロスならともかく、植物人形《プラント・ゴーレム》であるグリンの言葉は理解できない――が、その力のなさから何も分かっていないことは、十分伝わった。

「たとえば、以前から目撃情報のある魔獣とかいないか？　襲われたとかではなく、純粋な目撃だけの情報だ」

「申し訳ありません、先生。そこまでの情報は把握しておりませんの」

「……いや、それもそうだな」

さすがに難しいか。

だが、まったく未知の敵という事実だけはハッキリした。

俺はみんなを集めると、臨戦態勢をとったまま待機するよう伝える。

新たに出現した謎の敵。

強力な力を持っているが詳細は不明という不気味さが、若者たちの冷静さを奪っていく。

みんないつも通りに振る舞っているように見せているが、内心、不安でいっぱいだというのが手に取るように分かる。

俺も若い頃はそうだったが、いろんな経験をして、今のようになれたのだ。

彼らにも、さまざまな体験をし、それを糧《かて》にしてもらいたい。

師匠目線というより、親のような心境だ。

親といえば、シロンもそうだ。

魔獣と人間という種族の壁はあるものの、俺にとってパートナー魔獣は自分の子どもも同然である。

その子ども同然の存在であるシロンは……うまくやれているだろうか。

未だにこれといってアクションを起こしてはいないが――

「っ！　先生、大変ですわ！」

突然、ミネットが慌てて叫んだ。

普段はなかなか見ることのない彼女の取り乱した姿に、周囲は騒然となる。

「ど、どうしたんだ」

「強力な気配が急速に接近してきています――背後からです！」

「接近だと？」

……どういうことだ？

相手が狼型魔獣だとするならおかしい。離れるならまだ分かるけど、接近してきているというのはどういう心理状態なんだ？

「囮でしょうか……？」

「かもしれないな」

デリックの言った囮という線は、俺も頭の中に浮かべていた。

だが、それにしてはあまりにもストレートすぎる。

他に何か目的があるのでは？

「――えっ？　先生？」

俺たちが振り返り、臨戦態勢をとっていると――現れたのは意外な姿だった。

それは――

「メ、メイ？」

元教え子のメイだった。

背後には、彼女の同僚らしき魔法兵団の面々がいる。

「こんなところで何をしているんだ、メイ」

「それはこちらのセリフですよ。あっ、もしかして、ラングトン騎士団長からの依頼ですか？」

「いや、そういうわけじゃないんだ」

「先生はわたくしの依頼でこちらに来たのですわ」

メイと話していたら、そこへミネットが割って入ってくる。

「ミネットさんが？　……ああ、商会のお仕事ですね」

「それはそうですが、いずれは先生と仕事抜きで遠出をしたいと計画をしていますわ」

「っ！　き、奇遇ですね。私も、先生とはいずれ一緒に鍛錬旅行にでもと考えているんです」

「っ！　ほ、本当に奇遇ですわね……」

「ふふふ」

「ほほほ」

……あれ？

なんかちょっと険悪な感じになっていないか？

子どもの頃は普通に仲がよかったはずなのだが。

「くっ！　二人がそんな楽しそうなことを計画していたなんて！　私も負けてはいられません！」

ノエリーは二人の間でバチバチと弾ける火花に気づいていないようだが……うん。君はそのままでいてくれ。

とりあえず、両者の関係性については一度置いておくとして——俺はメイにここまで来た目的と、現在進行している作戦を説明する。

彼女は状況を把握すると、今度は彼女が仲間とともにここへやってきた理由を話し始めた。

「私たちは、スウォード副騎士団長の要請《ようせい》を受け、魔法兵団長の命令でここへ来ました」

「父上の？」

咄嗟にそう言葉を漏らしたのはデリックだった。

彼は慌てて口を手で覆い、「すみません」と謝るが……そういえば、彼は副騎士団長のご子息だったな。

何か言いたげな雰囲気だったが、「どうした？」とは聞けない空気だな。

デリックの顔はなぜか青ざめているようにも見えるし……ひょっとして、父親とうまくいっていないのか？

まあ、これはあくまでも俺の勝手な予想だが。

それはひとまず置いておくとして、メイたちの合流で少し騒がしくなってきた。

あの狼型魔獣……特に、頭のキレるリーダーに勘づかれないためにも、人員を分けて静かに迫ろうかと提案をしようとした――まさにその時だった。

「うおおおおおおおおおおおおん！」

シロンの遠吠《とおぼ》えが聞こえたのだ。

「い、今のってあの魔獣のですか⁉」

「違うぞ、ロバート。――あれはシロンの声だ」

「わ、分かるんですか⁉」

「鳴き声だって、魔獣によって個性があるものだ。それをしっかり把握しておかなければ、あのような作戦を立案しないさ」

「な、なるほど……」

まだまだ彼らには、俺と同じようにやるのは難しいだろう――が、少しずつこうした経験を通して身につけてもらいたい。

俺たちはすぐに部隊を編制して、シロンのもとへと移動を始める。

新人で構成されたノエリーの部隊とは異なり、メイが率いている面々は、魔法兵団の中でも実績のある者たちで固められていた。

実力的には拮抗しているらしいノエリーとメイ。

どちらも鋼鉄魔人《アイアン・レイス》と亡霊竜《ファントム・ドラゴン》というSランク魔獣をパートナーとしているため、優劣をつけがたいのだろうな。

明るく朗らかで、面倒見のいいノエリーには若手の育成を。

コミュニケーション能力にやや問題はあるが、勤勉で黙々と任務をこなしていくメイには前線での活躍を。

騎士団も魔法兵団も、それぞれの性格に合った場所に配置しているというわけだ。

そんなトップクラスの実力を誇る二人が率いることになって、騎士や魔法兵には、どこか余裕のムードが流れている。

――だが、その油断が結果に大きな影響をもたらすことも重々承知していた。

今までもそうだ。

冒険者として名を馳せたパーティーが、己の力を過信するあまり難易度の低いダンジョンで壊滅寸前にまで追い込まれたこともあった。彼らがあの時抱いた感情は、きっと今の彼らと同じものだったに違いない。

移動中にそれを口にした方がいいかと思ったのだが――

「みんな、気を引き締めなさい」

「ノエリーの言う通りですわ」

「たとえどんな状況であっても油断は大敵。一瞬の気の緩みで何もかもが終わることもあるのですから」

ノエリー、ミネット、メイの三人はこの状況下でもしっかりしていた。

彼女たちの言葉に、それぞれの部隊の者たちはハッとなって一気に空気がピンと張り詰める。

「さすがだな、三人とも」

「これも先生が教えてくださったことですから」

「そうですわ」

「聞かせてくれた冒険者時代の体験談は、いい教訓になっています」

体験談、か……そういえば、言った記憶があるな。

正直、そこまで深い意味はなく、「こうならないように注意しろよ」って程度の教えだったつもりだが、彼女たちの心にはきちんと響いていたようで何よりだ。

気持ちも新たに、俺たちはシロンの遠吠えが聞こえた場所へと向かう。

「――む？」

すると、視界の先に何かを発見して足を止めた。

そこには――地面に力なく横たわるシロンの姿が。

「シロン！」

最初に反応したのはクロスだった。

まったく動く気配を見せないシロンを心配したらしく、猛然と走っていく――だが、そんなクロスを目にしたシロンの反応があまりにも薄すぎる。これに俺は違和感を抱いた。

「止まるんだ、クロス！」

たまらず叫んでから、俺は辺りを見回す。

「くっ、そういうことか……」

「っ!?　囲まれた!?」

ノエリーたちも状況に気づいたようだ――そう、俺たちは囲まれていた。

かなり知恵のある魔獣だとは思っていたけど……シロンを囮にして俺たちを取り囲む作戦を立てていたのか。

しかももしかして、さっきよりも魔獣の数が増えていないか？

もしや、こちらに戦力数を見誤らせるために、最初は少ない数で近づいてきたのか？

これは想像以上に厄介な相手だぞ。

こちらに戦力を勘づかれないために、遭遇した直後は温存していたというわけか。

頭のキレる魔獣だろうとは思っていたが、ここまでくるともはや不自然ささえ出てきてしまうな。

「おいコラ！　勝手に死んでんじゃねぇぞこのバカ犬！」

「ふん……君のマヌケ面を見ていたら死ぬ気も失せたよ……」

クロスは倒れているシロンを相変わらずの口調で励まし、彼女もそれにいつもの調子で応える。

「待っていなさい！　すぐに助けますわ！」

そんな中、そう言って一歩踏み出したのはミネットだった。

彼女のパートナー魔獣である植物人形《プラント・ゴーレム》ならば、回復効果のある薬草を用意することなど造作もない。それで負傷したシロンを助けようというのだ。

ミネットの心遣いはありがたいが……ゆっくりと治すには、周りを取り囲んでいる魔獣たちをどうにかしなければいけないな。

「全員、戦闘態勢をとれ！」

ノエリーやメイだけでなく、デリックたち若手やメイの連れてきた経験豊富なベテラン兵士にも告げる。

具体的な数は不明だが、気配から察するに向こうの方が多いだろう。それでも、こちらには人間の他にも魔獣という頼もしい仲間がいる。

特に神獣・不死鳥《フェニックス》であるクウタが活躍するにはもってこいの状況だ。

「クウタ……頼むぞ」

「待ちくたびれましたよ」

それまで俺の肩にとまっていたクウタが、翼を広げて舞い上がる。そして――不死鳥《フェニックス》としての本来の姿を解放した。

「おぉ……」

「う、美しい……」

初めてクウタを目の当たりにする騎士と魔法兵たちは、状況も忘れてクウタに見惚れていた。

燃え盛る炎のような翼を持つクウタだが、周りの木々に火はつかない。これこそが不死鳥《フェニックス》としての力の証だ。

クウタは炎を自在に操れる――が、それは魔法使いが炎属性魔法を扱うなんてレベルのものではない。

「ではまず……小手調べといきましょうか」

上空で呟いたクウタは、大きく羽ばたく。

それによって発生した突風とともに、渦を巻く炎が出現して、潜んでいる魔獣たちへ襲いかかった。

普通なら山火事になって大きな被害が出るところだが、クウタの炎は敵だけを確実に焼き尽くす特別なものだ。草木に引火することはなく、岩場や木陰に潜んでいた狼型魔獣たちだけを的確に焼いていった。

「す、凄い……」

「こんなことが可能とは……」

デリックたち若手は、クウタの力を目の当たりにして驚きを隠せない様子だった。

さすがは神獣と呼ばれるだけのことはある。

まさかここまでとは……俺はクウタの実力を見誤っていたようだ。

とにかく、これで俺たちを囲んでいた魔獣の大半を撃破。

残すは一匹。

なかなか大柄で、おそらくあいつが親玉だろう……果たして、ヤツに次の策はあるのだろうか。

最後まで気を緩めずに集中していると、ここで異変が起きる。

「グルルルル……」

親玉は低い唸《うな》り声をあげながら、後ろ足で立ち上がったのだ。

これで両手が攻撃手段に加わり、さらに厄介となった。

――だが、それだけじゃない。

外見からは判断がつかないが……まとうオーラが先ほどまでとは明らかに異なる。

さっきまでは、力強いながらも静かな印象だったのだが、今はいかにも獰猛なオーラで、本能のままに戦う凶暴さがにじみ出てきたのだ。

「ガアアアアアアッ！」

こちらがクウタに指示を出す前に、狼型魔獣が襲いかかってくる。

標的にされたのは、ロバートたち若いテイマーであった。

突然の事態に対応できない彼らを救うため、俺は再びクウタに攻撃指示を出そうとした――が、それよりも早く動き出す者がいた。

「させませんわ！　グリン！」

声をあげたのはミネットだった。

彼女はグリンを、変貌《へんぼう》した狼型魔獣へと向かわせる。

「ガウッ！」

立ちふさがるグリンに対し、狼型魔獣は飛びかかって爪牙《そうが》を食い込ませる――が、この瞬間にグリンの勝利は確定した。

「っ⁉」

蔓《つる》で覆われたようになっているグリンの体に、鋭い牙と爪が深く突き刺さるのだが、苦しんでいるのはなぜか攻撃をしているはずの狼型魔獣であった。

そして狼型魔獣は、ついにはまともに立っていられなくなり、その場に膝から崩れ落ちた。

グリンはそこへのしかかり、攻めの姿勢を崩さない。

――そう。

はたから見る分には、グリンが襲われて防戦一方のように映るのだが……実際は逆。相手を攻め立てているのはグリンの方だった。

グリンの全身を覆っている蔓には小さな棘《とげ》が無数についており、そこから神経を麻痺《まひ》させる猛毒を出すことができる。

接近戦を挑んできた相手には、わざと攻撃を受けて蔓に触れさせ、そこから毒を注入して動きを封じていくのだ。

「まんまとグリンのペースに乗せられましたね。実体のないうちの子にはあの手の攻撃が通じないですけど」

「私のアインも全身が鋼鉄だからあの類《たぐい》の攻撃は効かないんだよねぇ……あの毒って無味無臭だか

ら気づきにくいし、初見で避けるのは相当難しいんじゃないかな」

グリンの戦い方を知っているメイとノエリーは、体験談を交えながらその戦い方を語る。

確かに、植物人形《プラント・ゴーレム》の戦い方としてはオーソドックスな方ではあるのだが、ノエリーの言う通り、事前知識がない状態で対峙した際に、それを予見して対応するのはかなり難しいだろう。

二人の会話が終わる頃には、狼型魔獣はピクリとも動かなくなっていた。グリンの猛毒が全身に行き渡ったのだろう。

まだ息はあるようだが……再起は難しそうだな。

「よくやってくれましたわ、グリン」

ミネットはそう言ってグリンの頭を撫でる。

もちろん、この時は全身の棘は引っ込めており、彼女がダメージを負うことはない。

パートナー魔獣との仲も良好なようで、俺としてはひと安心だな。

それにしても……問題はなぜ、あの魔獣が姿を変えたのかだ。

あれは明らかに自然形態で起きた現象じゃない。

間違いなく――人の手が加えられている。

あのような現象は、過去に経験がない。

まあ、冒険者歴が長いとはいえ、魔獣との戦闘は避けてきた俺なので、ただ単にそういう魔獣に遭遇したことがないだけかもしれないが……それでも、冒険者ギルドで話を聞いたことすらないのだ。

「う〜む……」

横たわり、ピクリともしない狼型魔獣……いや、この場合は獣人型魔獣とでも言うべきか？　なんとも形容しがたい姿だ。

「先生も気になりますか？」

唸っていると、メイが俺のもとへとやってくる。

ちなみに、ミネットはノエリー相手に活躍したマウントを取っており、今にも爆発しそうなノエリーをデリックたちが必死になだめていた。

――気を取り直して、俺はメイに気になっている点を説明する。

「ああ。先ほどの魔獣の変化だが……俺にはどうしても、あれが自然に発生した現象であると思えないんだ」

「同感です。明らかに、人の手が加えられているように思いました」

「やはりか……」

メイも俺と同じ考えを抱いたらしい。

「……君ならどういうケースを想定する？」

「ここはセラノス王国の商人たちにとって、命とも言うべき交易路――そんな場所へ人為的に魔獣を解き放つということは、こちらの経済活動に対して妨害工作を働こうとする輩がいるのではないかと」

「うん。それが妥当《だとう》かな」

ここでも俺とメイの考えは一致していた。

問題は――その妨害工作を企てた者たちの存在だ。

「こいつはラングトン騎士団長へ報告する必要があるな」

「ですね。ただ、確たる証拠はありませんので、憶測《おくそく》の域を出ないというのがなんとも歯がゆいですが」

「手ぶらで帰るよりよっぽどいい。まあ、その旨もきちんと付け加えておかなくてはいけないけどな」

けど……一体どこのどいつがこんなマネを？

大体、魔獣の生態そのものを変化させるなんて、どんな方法が使われているんだ？

魔力は一切感じられなかったから、少なくとも魔法の類《たぐい》ではないはず。

「できれば、今後のためにこいつを詳しく調べておきたいな」

「ま、魔獣をですか？」

「あぁ……その手の専門家がセラノスにいるか？」

「え、えぇ、魔獣の生態について研究する機関があります」

「ならちょうどいい」

その機関とやらがどれほどの規模なのかは分からないが、専門家がいてくれるのは好都合。

この魔獣の謎を紐解《ひもと》くのに心強い味方となってくれるはずだ。

正体がハッキリすれば、騎士団や魔法兵団も今後の対策が取りやすくなるだろう。

「ともかく、まずはラングトン騎士団長へ報告ですね」

「そうだな。――それと、ボチボチあの子たちに職務へ復帰してもらわないと」

未だに騒がしいノエリーとミネットの二人。

こうして見ると、なんだか昔を思い出すが……それはそれ、これはこれ。

今後について説明し、次の行動へ移るとしよう。


セラノス王国経済の命とも言える交易路に居座った狼型魔獣たちは、無事に討伐できた。

シロンもすっかり回復したところで、俺たちは王都へと戻ってきた。

早速ラングドンに報告しに行こうと思ったのだが、ノエリーやメイたちは武器庫に用事があるらしく、まずはそちらへ寄るという。

ミネットはミネットで商会へ戻る必要があるということで、ラングトンのところへは俺一人で行くことになった。

俺の報告を聞いたラングドンは、街道の魔獣の件について耳に入っていたようで、俺たちが討伐しておいたことに、めちゃくちゃ感謝していた。

彼の心労を軽減させられてよかったと思う一方で、このセラノスに何やらよからぬ風が吹き始めているとも感じる。

もしかして、王聖六将の候補が近々集まることが、何か関係しているのだろうか。

いずれにせよ、俺も注意をしておく必要がありそうだ。

ラングトンへの報告を終えた俺は、シロン、クロス、クウタとともに、薄暗くなりつつある帰り道を歩く。

その途中、ふと思い出されたのは過去の出来事。

あの教会で教えていた子どもたち――八人いたうちの四人とは再会できた。

聖騎士となったノエリー。

魔法使いとなったメイ。

商会代表を務めるミネット。

有名な冒険者であるフィオナ。

みんなもう俺よりもずっと大物になっていた。

それと……まだ会っていないのも四人いる。

みんな出世しているそうだし、なかなか会う機会がなかったのだが……今回の件を報告し終えたら、会いに行ってみようかな。

どんな成長を遂げているのか、この目で確かめたくなったのだ。

教会でのみんなの姿を思い出し、俺は思わず笑みを浮かべる。

「あの頃はみんな可愛かったなぁ」

……いや、ノエリーたちは今も可愛い。

ただ、それは子どもに対する可愛いとは意味が異なってくる。それに、可愛いだと少し幼い印象を与えるから、美人になったというべきか。

そういえば、ここまで会ったのはみんな女の子だったな。

まあ、八人のうち男の子は二人だけだったから、確率的には低くなって当然か。

「主よ、夕食はどうする？」

「俺は肉がいいっす！」

「野菜も食べないとダメだよ、クロス」

いろいろと考えていたら、魔獣たちが騒ぎ始めた。

やれやれ……こりゃ当分静かな生活は送れそうにないな。

「そうだな。じゃあ、何か食っていくか」

俺がそう提案すると、みんな喜んで駆けていく。

……まあ、騒々しい日々というのも悪くないか。

Re:Monster
リ・モンスター
1～9・外伝
8.5
暗黒大陸編1～3
金斬児狐
Kanekiru Kogitsune
シリーズ累計
150万部
(電子含む)
突破!
TVアニメ化
決定!!
ネットで話題沸騰!
怪物転生
ファンタジー
最弱ゴブリンの下克上物語 大好評発売中!
【小説】
1～9巻／外伝／8・5巻
◉各定価：1320円（10％税込）
◉illustration：ヤマーダ
新章
【小説】
1～3巻（以下続刊）
◉各定価：1320円（10％税込）
◉illustration：NAJI柳田
コミカライズも大好評!
【漫画】
1～10巻（以下続刊）
◉各定価：748円（10％税込）
◉漫画：小早川ハルヨシ

異世界ゆるり紀行
～子育てしながら冒険者します～
1～15
水無月静琉
Minazuki Shizuru
シリーズ累計
110万部（電子含む）
突破!!
2024年待望のTVアニメ化！
1～15巻
好評発売中！
コミックス
1～8巻
好評発売中！
異世界ゆるり紀行 ～子育てしながら冒険者します～
水無月静琉
子連れ冒険者ののんびりファンタジー！
神様のミスで命を落とし、転生した茅野巧。様々なスキルを授かり異世界に送られると、そこは魔物が蠢く森の中だった。タクミはその森で双子と思しき幼い男女の子供を発見し、アレン、エレナと名づけて保護する。アレンとエレナの成長を見守りながらの、のんびり冒険者生活がスタートする！
転生したら双子を保護しました。
子連れ冒険者の異世界のんびりファンタジー！
異世界ゆるり紀行 ～子育てしながら冒険者します～
水無月静琉
みずなともみ
1
転生したら、幼い双子を保護しました。
シリーズ累計
15万部!!
●各定価：1320円（10％税込）●Illustration：やまかわ
●漫画：みずなともみ　B6判●各定価：748円（10％税込）

この作品に対する皆様のご意見・ご感想をお待ちしております。
おハガキ・お手紙は以下の宛先にお送りください。

【宛先】
〒150-6019 東京都渋谷区恵比寿 4-20-3 恵比寿ｶﾞｰﾃﾞﾝﾌﾟﾚｲｽﾀﾜｰ 19F
（株）アルファポリス　書籍感想係

メールフォームでのご意見・ご感想は右のＱＲコードから、
あるいは以下のワードで検索をかけてください。

アルファポリス　書籍の感想　検索

ご感想はこちらから

本書は Web サイト「アルファポリス」（https://www.alphapolis.co.jp/）に投稿されたものを、改題、改稿、加筆のうえ、書籍化したものです。

無名《むめい》の三流《さんりゅう》テイマーは王都《おうと》のはずれでのんびり暮《く》らす
～でも、国家《こっか》の要職《ようしょく》に就《つ》く弟子《でし》たちがなぜか頼《たよ》ってきます～

鈴木竜一（すずきりゅういち）

2024年 2月 29日初版発行

編集－村上達哉・芦田尚
編集長－太田鉄平
発行者－梶本雄介
発行所－株式会社アルファポリス
〒150-6019 東京都渋谷区恵比寿4-20-3 恵比寿ｶﾞｰﾃﾞﾝﾌﾟﾚｲｽﾀﾜｰ19F
TEL 03-6277-1601（営業）　03-6277-1602（編集）
URL https://www.alphapolis.co.jp/
発売元－株式会社星雲社（共同出版社・流通責任出版社）
〒112-0005 東京都文京区水道1-3-30
TEL 03-3868-3275
装丁・本文イラスト－Aito（https://aito2110.tumblr.com/）
装丁デザイン－AFTERGLOW
印刷－中央精版印刷株式会社

価格はカバーに表示されてあります。
落丁乱丁の場合はアルファポリスまでご連絡ください。
送料は小社負担でお取り替えします。

ISBN978-4-434-33329-3 C0093